KB051655

글C클럽 회원 수필집

모든 길은 글이 된다

모든 길은 글이 된다

지은이	글C클럽 회원들
엮은이	심상복
발행사	늘품플러스
발행인	전미정
주소	서울 중구 퇴계로 182
표지·편집 디자인	조시내
인쇄/제본	대성프로세스
값	15,000원

*독자의견 simba363@naver.com

글C클럽 회원 수필집

모든 길은 글이 된다

LIVING

심상복 외

마릴린먼로와 달항아리/김중식(중앙일보 글c클럽 3기)

Prologue 〰〰〰〰〰〰〰〰〰〰〰〰〰〰〰〰〰〰〰〰

"구리 먹어봤어요?"

"..... 뭘 먹어요?"

"구리요."

"구리를 먹어요?"

"못 먹어봤군요."

나는 그녀가 틀림없이 장난치고 있다고 생각했다.

아니면 무슨 테스트? 황당한 소리를 해놓곤 상대 반응을 보고 어떤 사람인지 판단하는 것처럼 말이다. 아니면 내가 아는 그 구리가 아닌 다른 물건이 있나? 그것도 아니면, 모든 말을 줄여 쓰는 요즘 애들처럼 '구' 자와 '리'자로 된 좀 긴 말? 그녀를 빤히 쳐다보며 그렇게 머리를 굴리고 있었다.

"내가 웃기는 소리 한다고 생각하고 있죠?"

"네... 먹는 구리가 있다는 얘긴 들어보지 못했으니까요."

"그럼 당신도 보통사람이네요."

"당신은 아닌가요?... 하긴 구리를 먹는다면 진짜 매우 아주, 특이한 사람이네요."

그렇게 말하는 순간 그녀가 정말로 구리를 먹는다는 생각이 들었다.

"그냥 조금 다른 것 뿐인데......"

"조금이 아니라 많이죠. 아주 매우 진짜 많이요."

"말씀이 진짜 매우 아주 재미있네요."

만난 지 30분도 안 됐는데 그녀는 날 목수가 대패 다루듯 했다.

"구리를 몇 번 먹어봤죠. 정확히는 씹어본 거죠. 그래도 분자형태로는
상당한 양이 제 몸 속으로 들어갔겠죠."

"....왜요?"

"무슨 맛일까 궁금했으니까요."

"궁금하면 뭐든 해봅니까?"

"뭐든은 아니지만..."

초면에 난 보기 좋게 당하고 말았다. 엉뚱하게도 그녀가 좋아지기
시작했다. 여느 사람과 달랐기 때문이다. 다 그렇고 그런 사람뿐인데 이
정도면 확실히 다르다 싶었다. 내일부터 세상이 재미있어질 것 같았다.

이렇게 시작하는 꽤 긴 글 하나를 쓰고 싶다. 우리는 모두 다른
사람과 살고 있다는 '진리'를 매순간 까먹는 나를 위하여. 사는 동안
만나는 모든 사람이 나와 다르다. 고수부지 주차장, GS 편의점,
횡성휴게소 화장실 어디에서나. 집에서도 그렇다. 가족도 예외가
아니다. 붕어빵 소리를 듣는 자식도 내가 아니다. 배우자도 다른
사람이다.

세상은 다른 사람들의 집합체다. 북북서든 남동남이든, 어딜 가든
다른 사람뿐이다. 나는 이 명백한 사실을 알면서도 자주 잊어 버린다.
그래서 까먹지 않기 위해 노력한다.

Prologue ~~~~~~~~~~~~~~~~~~~~~~~~~~~

다르다는 걸 인정하고, 사람을 알아가는 과정은 매우 흥미롭다. 글C클럽을 운영하면서 얻는 큰 즐거움이다. 저 사람은 어떻게 저런 생각을 할 수 있지? 왜 여기서 저런 말을 꺼냈을까? 그들의 심리 저변이 궁금하다. 그래서 그 사람을 자꾸 떠올리며 연구하면 내가 미처 생각하지 못한 신기한 점을 발견할 수 있다.

글C클럽을 시작한 지 7년이 다 됐다. 사람을 탐구하는 시간이었다. 소득은 언제나 생각보다 크다. 그들의 다름과 다양성에 찬사를 보낸다. 그렇게 나의 사회화 작업은 중단없는 전진이다. '글C클럽'으로 12기, '중앙일보 글C클럽'으로 세 기수를 마쳤다. 값진 경험을 스스로 찾아 나선 것이니 대견스럽다. 감사는 온전히 회원들에게로 돌아간다. 당신을 탐구할 기회를 주었으니까. 한정된 성격의 모임이지만 글쓰기에 관한 습성이나 바흐의 음악이나 비구상화를 대하는 태도는 다 다르다. 그래서 더 관심을 가지고 그들을 천착한다.

회원들의 다른 생각이 모여 다시 한 권의 책으로 탄생했다. 어떤 사람을 알고 싶으면 직접 만나보는 것이 가장 확실하다. 그 다음은 그 사람의 글을 읽는 것이다. 같은 글C클럽 회원이지만 아직은 잘 모르는

그 사람을 이 책을 통해 음미할 수 있으면 좋겠다. 새 술은 새 부대에
담는다고, 제목도 바꿨다. 앞서 만든 네 권의 책은 『살며 사랑하며
글쓰며』로 1, 2, 3, 4번호만 달리 붙였다. 시간이 가면서 식상해졌다.
그래서 바꿨다. 『모든 길은 글이 된다』로. 굳이 부연하면 당신이 걸어온
어떤 길도 글이 될 수 있다는 말이다.

 '미래는 이미 당신 곁에 왔다.' 이런 그럴 듯한 광고카피도 있지만
말장난 같다. 아직 오지 않은 시간이 당신 상상을 넘어 존재한다.
그 물상(物像)을 그려보면 눈썹이 파르르 떨린다. 현실은 뜻대로 안
되지만 미래와 희망은 가능하다. 그 수단은 상상이다. 그래서 '상상력의
빈곤'은 모름지기 가장 멀리할 단어다.

2019년 겨울 초입에,

글C클럽 훈장 **심 상 복**

Contents

I. 가족, 세상의 버팀목

14 • 최용근 ⋯ 어머니를 위한 변론
20 • 박종덕 ⋯ 아빠로 탄생하던 날
28 • 양대현 ⋯ 내 딸 주원이를 향한 응원가
32 • 문진이 ⋯ 엄마
36 • 정선화 ⋯ Still Fighting It
42 • 하오수 ⋯ 고해
48 • 박정선 ⋯ 토끼와 거북이
52 • 윤지현 ⋯ 나의 직장생활과 아버지
68 • 고홍곤 ⋯ 사진

II. 삶이 지혜로 채워지길

74 • 장승희 ⋯ Becoming
78 • 박정선 ⋯ 루게릭병 소동
86 • 최수영 ⋯ 나답게 산다는 것
90 • 김화주 ⋯ 무제 세 편
96 • 김영식 ⋯ 도시 유목민의 고향
102 • 조성경 ⋯ 어설픈 단상
110 • 하오수 ⋯ 金婚式
116 • 이녕희 ⋯ 수목장지에 대한 斷想
122 • 심상복 ⋯ 슬픔은 한낮에도
126 • 이명국 ⋯ 사진

Contents

Ⅲ. 일상이 주는 힘

132 • 오명철 ⋯ 520년 2박 3일
140 • 심기석 ⋯ 홀인원과 뇌시술
148 • 이상욱 ⋯ 한겨울 '혼낚'
156 • 임일규 ⋯ 우린 영어소설 읽는 멋쟁이들
162 • 심상복 ⋯ 엄마라는 자리

Ⅳ. 나와 우리 이야기

168 • 구자정 ⋯ 나는 골프가 왜 이리 좋을까
174 • 문진이 ⋯ ZINIZIP, 그 아름다운 도전
180 • 윤지현 ⋯ 두발로 미래로
188 • 이유나 ⋯ 사랑이란.... 가정과 가족이란?
194 • 구민경 ⋯ 내가 사랑하는 것
202 • Keith Colbert ⋯ My Grandparent's House
206 • 구자정 ⋯ 아름다운 만남과 수료식

Ⅴ. 일과 배움

212 • 이원주 ⋯ 어떤 정년퇴임식
216 • 장승희 ⋯ 늦은 때는 없다
220 • 박기량 ⋯ 생각 저수지
226 • 박재범 ⋯ 배움이라는 심연(深淵)
230 • 배홍기 ⋯ 왜 사회적 가치인가
236 • 박현 ⋯ 4차 혁명의 화두 U-스마트시티
244 • 배기열 ⋯ 텅 빈 충만, 미디어아트

I. 가족, 세상의 버팀목

최용근 ⋯ 어머니를 위한 변론

박종덕 ⋯ 아빠로 탄생하던 날

양대현 ⋯ 내 딸 주원이를 향한 응원가

문진이 ⋯ 엄마

정선화 ⋯ Still Fighting It

하오수 ⋯ 고해

박정선 ⋯ 토끼와 거북이

윤지현 ⋯ 나의 직장생활과 아버지

고홍곤 ⋯ 사진

기댈 언덕이나 버팀목 ……

듣기만 해도 기분 좋은 말이죠.

살면서 꼭 필요한 존재이기 때문입니다.

혼자는 힘든 세상, 당신에게 버팀목은 누구입니까?

친구나 인생 멘토, 고교 은사님 등 다양하겠지만

그 중 으뜸은 가정이고 가족일 겁니다.

그들이 주는 사랑에 의지하세요.

받은 만큼, 아니 그 이상 꼭 돌려주고요. 주고 받는

법칙에서 가족은 예외라고 말하는 이들도 있습니다.

아닙니다. 가까이 있는 사람부터 챙겨주세요.

My same/배기열(글c클럽 1기)

중앙일보 글c클럽 2기
최용근 법무법인 동서남북 대표변호사

어머니를 위한 변론

중학교 입학하던 해 아버지가 돌아가셨다. 그 뒤 세상의 일은
다 어머니의 일이 되었다. 방 한켠에 시루를 놓고 콩나물을 길러
파는 일은 오히려 쉬운 축에 속했다. 시골 장터에 나가 갈치,
고등어, 꼬막을 팔기도 했다. 섬진강 건너 감농장에서 철 이른
감을 사서 뜨듯한 물에 담갔고, 고구마를 쪄서 돈과 바꿔오기도
했다. 파, 고추, 마늘 등 밭에서 나는 모든 채소도 어머니의 손을
탔다. 돈 되는 건 뭐든 가리지 않았다. 뻐꾸기 소리가 울려
퍼지는 이 즈음엔 땔감을 하러 지리산 골짜기를 훑고 다니셨다.
그럴 때면 보리밥 두 덩이와 묵은 김치를 싸 들고 나도
따라나섰다. 장사를 하지 않을 때 어머니는 백씨댁 허드렛일을
했다. 그 집은 대대로 천석꾼 부자집이라 늘 먹을 것이 넘쳤다.
어머니가 그 집에 일하러 가면 나도 1+1이 돼서 함께 가곤
했다.

삶에 관한 한 세상 어머니들은
부끄러움을 모르는 줄 알았다

이삭줍기/밀레

한참 일하던 어머니가 눈짓으로 나를 부엌으로 불렀다. 쌀밥에 참기름을 발라 주먹밥을 뭉쳐 주시며 얼른 먹으라고 했다.

숨도 안 쉬고 바로 삼키는데 목은 메고 눈에선 생눈물이 삐져나왔다. 어머니가 종일 그 집에 일하고 오시는 날, 몸은 파김치가 되었지만 손에는 늘 밥과 찬을 담은 비닐봉지가 들려있었다. 백씨 댁은 우리 식구의 밥줄이었다.

고등학교에 들어가면서 타향살이가 시작됐다. 기숙사 생활은 몸은 편했지만 마음까지 그렇지는 못했다.

몇 달치 기숙사비가 밀려 할 수 없이 밤기차를 타고 집으로 가야만 했다. 형편을 뻔히 알기에 입이 떨어지지 않았다. 그래도 다른 길이 없어 사실대로 말씀드렸다.

어머니는 어찌어찌 다음 날 돈을 마련해 주셨다. 다시 대처로 향하는 나를 배웅하던 어머니는 흰 수건을 쓰고 계셨다.

며칠 뒤 여동생은 어머니가 머리카락을 잘라 마련해 주신 돈이라고 귀띔했다.

그 소식을 들은 날 밤, 나는 기숙사에서 조용히 짐을 쌌다. 이제 어머니에겐 더 잘라 팔 머리카락이 없었기 때문이다. 나는 더 이상 그 학교에 다닐 수 없다고 판단했다. 무작정 기차역으로 가서 서울행 야간열차에 몸을 실었다.

스무 해가 지났다. 어느 날 퇴근하니 어머니가 어렵게 입을 여셨다.

"아범, 어제 백씨댁 부부가 왔는데 그 집 사위가 지금 감옥에 있다네. 아범이 좀 도와주면 좋겠는데..."

천석꾼 백씨댁은 가세가 기울어 고향을 떠나 서울살이를 하고 있었다. 사건의 자초지종은 이랬다.

백씨댁 사위가 이태원에서 친구와 한잔 하고 귀가하는데 취객이 길바닥에 대자로 뻗어 있었다. 사위는 취객이 차에 치일 수도 있겠다 싶어 흔들어 깨웠다. 깨어날 기색이 보이지 않자 뺨을 가볍게 때리기도 했다. 겨우 몸을 일으킨 취객은 옷을 뒤적거리더니 갑자기 지갑이 없다고 고함을 쳤다. 그때 사위는 땅에 떨어진 지갑을 들고 있었다. 취객은 대뜸 지갑을 훔쳐갔다며 사위의 멱살을 잡았다. 말도 안 되는 상황에 화가 난 사위는 취객의 얼굴을 몇 대 갈겼다. 취객은 2주 진단서를 끊어 고소했고, 사위는 강도상해죄로 구속되었다. 사위 가족은 억울해 사건 장소에 현수막을 걸고 목격자를 찾았으나 나타나지 않았다. 나는 사건 주임검사를 찾아갔다.

피고의 억울한 사연을 호소했으나 검사는 원고의 말만 믿고 강도가 틀림없다고 했다. 백씨 댁에 그런 상황을 전했더니 "이게 무슨 청천벽력이냐"며 어떻게든 감옥에서 나오게 해 달라며 매달렸다.

나는 다시 검사를 찾아 갔다. 전과도 없는데 좀 덜 억울하게 강도상해를 '인수분해'해서 절도와 폭행으로 쪼개 달라고 사정했다. 그럼에도 검사는 유죄가 인정된다며 기소를 했다.

강도상해죄는 법정형이 7년, 유죄가 되면 집행유예도 어려웠다.

나는 이제부터 사위가 아니라 어머니를 위해 변호하기 시작했다. 백씨댁에서 수년동안 하인처럼 일하며 먹을 것을 얻어왔던 어머니가 처음으로 그 집에서 도움 요청을 받았을 때 어떤 심정이었을까. 법정에서 사위는 그때 자신은 맥주 몇 잔은 했지만 정신은 말짱했고, 이런 식으로 죄를 뒤집어 쓴다면 정말로 억울하다고 항변했다.

무죄를 다투기에 합의를 할 수도 없는 난감한 상황이었다.

재판장에게 면담을 신청해 설득하고 읍소도 했다. 화장실 가는 주심판사를 따라가 선처해 달라고도 매달리기도 했다.

선고 날 아침, 가슴이 떨려 사무실로 갈 수 없었다. 한강변으로 나갔는데 머리 위로 햇볕처럼 재판부의 자비가 쏟아졌다.

판결문에 사위는 그날 만취해 심신미약상태에서 범행을 저지른 것으로 돼 있었다. 심신미약이란 단어 덕에 집행유예가 선고되었다. 어머니께 전화를 드렸더니 이미 백씨댁 부부가 몇 번이나 고맙다는 인사를 전해왔다고 했다.

퇴근 후 집에 가자 어머니는 "아범, 고맙네" 하며 내 손을 덥석 잡으셨다. 시멘트바닥처럼 딱딱하고 거친 손이었다.

그러면서 "내 가슴에 숨겨둔 부끄러움이 오늘 아범 덕에 오랜 체증 가시듯 내려 갔어" 하셨다.

'아, 어머니도 그집 일을 하시면서 속으로는 몹시 부끄러워 하셨구나..'

삶에 관한 한 세상 어머니들은 부끄러움을 모르는 줄 알았다.

백씨 댁에서 험한 일을 하고, 시장 바닥에 사과궤짝을 놓고 채소와 생선을 팔던 어머니....

나처럼 가난이 불편하기만 한 게 아니고 부끄러워도 하셨구나.

가난의 속살을 다 드러내고도 부끄러움을 감추고 살아온 어머니...

그런 줄도 모르고 아들은 도시락에 쌀 한 톨 없다고 투정이나 부리고, 밭일 하러 가자면 친구들과 줄행랑을 치곤 했다.

그럼에도 매 한번 들지 않고 "내가 늬들을 어떻게 키웠는데..."라며 섭섭함 한번 토로한 적 없다.

어른이 되어서는 매달 용돈 몇 푼 드리는 걸로 괜찮은 아들이라며 자위했으니 부끄럽기 그지없다.

발자크의 소설 〈고리오 영감〉에서 고리오 영감은 자신의 모든 것을 희생해 두 딸을 키웠으나 끝내 혼자서 죽음을 맞았다.

'부모는 자식에게 생명을 주고, 자식은 부모에게 죽음을 준다'는 말을 남기고,

다시 오월, 며칠 후면 어버이날이다.

'진자리 마른자리 갈아 뉘시고 손발이 다 닳도록 고생 하시네.'

그 노래를 들을 때마다 가슴이 먹먹해지고 눈시울은 붉어진다.

구순을 훌쩍 넘긴 어머니는 날마다 가벼워지는 뼈로 여전히 고단한 삶을 지고 계신다. 주말에는 요양원에 계시는 어머니를 뵈러 가야겠다. ✒

행복! 기쁨! 환희! 감동!
내가 아는 어떤 단어로도 그 감격을 다 표현할 수 없었다.
새 생명이 주는 원초적 생기,
아빠와 딸로 이어지는 생명의 영속성...

아빠로 탄생하던 날

세월이 나를 끌고 여기까지 왔는지,

내가 무거운 세월을 끌고 오느라 이렇게 상했는지...

거울 속 나를 들여다 보고 있노라면 이런 생각이 절로 든다.

물론 내게도 푸른 청년기가 있었고,

풋풋한 연애의 시간과 달콤한 신혼시절도 있었다.

우리는 당시로선 이례적이다 싶을 정도로 긴 연애를 했다.

6년간 데이트를 하면서 서로의 장단점을 다 파악하고 있었다.

그래서 결혼하면 싸울 일이 없을 줄 알았다.

하지만 그런 홍복은 함부로 기대하면 안 되나 보다. 거의 매일

투닥거렸다. 삶은 싸울 원인을 제공하는데 늘 부족함이 없었다.

사람은 좀체 변하지 않는다고 하지만 꼭 그런 건 아니다.

연애시절엔 술 먹는 것도 멋져 보인다고 하던 사람이 점점

변해가는 것이었다. 그럼에도 나는 '인생은 현실에 순종하는 것이

제일 가는 미덕'이라고 교육받은 베이비부머 세대가 아니던가.

타협하고 물러서고 다시 티격태격 해도 종족 보존의 역사가
끊기기야 하겠는가.

출산일이 다가오면서 아내의 배가 풍선처럼 부풀어 올랐지만
난 그저 평온하기만 했다. 어제의 일상이 오늘 되풀이될 뿐이었다.

"뭐가 하나 안 보이네요."

이미 두 달 전 의사와의 선문답으로 딸임은 알고 있었다.
손가락 발가락 합이 20개인 것도 알고 있었으므로 그날도
평소대로 오전 6시 출근을 준비하고 있었다. 아내가 갑자기
산통을 호소했고 나는 아내에게 교육받은 대로 장모님에게
전화만 돌리면 됐다. 아직 캄캄한 새벽인지라 병원 문이 열릴
때까지 견딜 수 있겠느냐는 위로 아닌 위로를 뒤로 하고 건설현장
사무소로 향했다. 무식하면 용감하다, 이게 노가다정신의
핵심이라고 되뇌이면서.

겉으론 용감한 척했지만 속까지 그렇지 않았음은 이제야
고백한다. 그날은 평범했지만 평범하지 않았다. 온갖 생각과
걱정들이 머리속을 휘젓고 다녔다.

택시로 20분이면 병원에 갈 수 있는데....

가서 아내 곁에 있어 줘야 하지 않나...

내가 그동안 술을 너무 많이 먹고 속만 썩였어...

안 되겠다 싶어 평소 나를 끔찍히도 아껴주던 최선배에게
자문을 구했다.

"너 지금 병원 가면 죽는다. 별별 욕 다 먹을 뿐아니라 네가 병원 간다고 할 수 있는 일이 뭐가 있겠어?"

너무 논리적이어서 대꾸할 말을 찾을 수 없었다. 선배는 한걸음 더 나아가 현장 근처 지하에 어제 개업한 중국집에서 근사한 점심까지 사겠다고 하지 않는가.

아빠로 탄생하는 나를 축하하기 위해.

예나 지금이나 노가다판 의리는 숙취해소제 모델인 김보성에 버금간다.(지금은 어디서 무얼 하는지도 모르지만 사람 좋고 술 좋아하고 '무식'한 최선배, 지금도 사랑합니다.)

결국 회전 식탁을 갖춘 중국집 의자에 비스듬히 폼잡고 앉아 근사한 고량주를 시켰다. 한 잔, 두 잔 가볍게 목넘김 운동을 하니 몸매를 다 드러내는 중국식 통치마 사이로 드러난 희멀건 허벅지가 오늘따라 더욱 눈을 자극한다. 그 덕에 비싼 양장피 잡채와 고량주는 입으로 들어가는지 코로 들어가는지 알 수 없었지만.

"현장 일은 일꾼들이 하지 우리가 하냐? 자, 아빠의 탄생을 위하여!"

"위하여!"

대낮에 객기를 부리며 우리는 개업집의 일익번창을 위해 목축임 운동을 계속했다.

"그런데 저 고량주 광고 사진, 한국 여자냐, 중국 여자냐?"

"글쎄? 중국 여자 같은데..."

아뿔싸, 중국 여자 다리만 쳐다보고 있을 때가 아니었다. 벌써 오후 5시, 우리 딸 다리는 잘 빠졌는지!!

지하 중국집 여자 다리에서 올라온 지상은 이미 겨울 어둠이 내리기 시작하고 있었다. 최선배는 현장을 마무리하기 위해 취한 다리를 휘청거리며 현장으로 달렸고, 난 빨리 잡히지 않는 택시를 탓하며 언제 시간이 이리 지났느냐는 말만 되풀이하고 있었다. 취중에도 온갖 비난과 머리털이 다 빠지는 한이 있더라도 아내 곁으로 빨리 가야만 한다고 택시기사에게 부탁했다. 남편으로서, 아빠로서 의무를 다 하리라는 굳은 신념은 산부인과 병원 문을 당차게 밀어젖혔다.

한 눈에 아침부터 와 계셨을 장모님이 보이고, 그 옆엔 웬 해병대원? 우리 딸 나오는데 경비를 하러 오셨나 했는데 처음 보는 사촌 처남이란다.

"최 서방 (1년 앞서 결혼한 손위 동서)은 인정도 많아 의사 권유에 따라 금방 수술하여 낳았는데 박 서방은 어디 갔다 이제서야 저렇게 술에 취해 나타났는지..."

그때의 장모님 표정은 어쩌다 찾아뵙는 두 분의 묘소 앞에 가면 항상 되살아난다.

지금은 캐나다에서 잘 살고 있는 그 사촌 처남은 당시 "어째 우리 누이는 남자 보는 눈이 저리도 없을까" 한탄했다고 한다.

300만원짜리 단칸방에 세들어 살던 나는 산모가 고통만 좀 참으면 아기가 나오는 줄 알았다. 술 잘 먹는 능력 밖에 가진 것

없던 나는 무능하고 대책 없는 무늬만 남편이었던 거다. 아내는
아내대로 의사선생님의 수술보단 자연분만이 좋다는 의견에
동조하고, 자신도 아직은 참을만 하다고 했다.

　나는 처음 만난 해병대원과 다시 근처 국밥집으로 향했다.
국밥집이라 국과 밥만 있는 줄 알았는데 술도 있었다. 우리는
인척으로서 또 남자로서 우의를 다지다가 통행금지가 없어진 게
얼마나 다행이냐며 어깨동무를 하고 병원에 돌아왔다.

　새벽 2시, 아이고! 하늘에 계신 아버지 하나님!

　아직도 우리 딸은 세상에 나오길 거부하고 있었다. 너무 힘든
세상이란 걸 이미 알고 있었나. 그새 해병대원은 전혀 해병답지

않게 병원 긴 의자에서 제대로 널브러져 있었다. 군인정신은
완전히 증발한 상태로.

새벽 4시, 마침내 우리 딸은 엄마를 고생시킨 지 22시간 만에
세상에 나왔다. 그 순간 나는 깊은 술독에서 기어 나와 아내
곁으로 갔다. 수술한 아내는 아픈 배를 움켜잡고도 아이는
어떠냐고 물었다. 이게 모성이고 엄마로구나...

장인어른은 3.6Kg 손녀를 한번 안아본 대가로 원무과로 가서
병원비를 다 계산해야 했다.

돌이켜 생각하면 거시기만 두 쪽인 놈한테 시집간다고 길길이
날뛰던 장인어른의 행동은 너무나 온당했다. 장모님은 딸만
행복하면 그만 아니냐며 내 편을 들어주셨지만.

88년 1월 5일 맑은 아침, 난 세상에 다시 없는 딸을 안고 병원
문을 나섰다.

행복! 기쁨! 환희! 감동!

내가 아는 어떤 단어로도 그 감격을 다 표현할 수 없었다. 새
생명이 주는 원초적 생기, 아빠와 딸로 이어지는 생명의 영속성...

딸은 입을 앙다물어 울음은 터지지 않았지만 발은 허공으로
힘차게 내딛고 있었다. 눈 한송이를 손 위에 얹어놓은 냥 나는
아무 무게도 느낄 수 없었다. 내 품 안에서 너무나 곤히 자고
있는 작은 천사여! 일찍 돌아가신 내 어머니의 분신이여!

신혼 3개월쯤 됐을까, 꿈을 꿨다. 어릴 적 뛰놀던 동네인 것도
같고, 어디서 보았음직한 징검다리를 초등학교 6학년쯤 된 내가

무서워하며 한걸음 한걸음 조심스레 건너고 있었다. 맑은 물속에 수많은 뱀들이 떼지어 헤엄치고 있지 않는가. 너무 무서워 죽어라 하고 뛰어가는데 그 중 큰 녀석이 갑자기 내 품으로 뛰어 들었다. 소스라쳐 잠을 깨니 흔치 않게 아빠가 꾸는 태몽이라 했다. 이게 곧 용이 될 이무기가 아니면 무엇이겠는가. 그 녀석이 31년째 나와 동거하고 있다. 때로는 원수 같이, 때로는 인형 같이.

그래도 난 좋다. 울 딸이 아빠 같지만 않은, 멋진 남자를 만나 시집 가기를 소망한다.

나를 닮지만 않으면 좋을 것 같은 미래의 사위에게, 첫 딸을 얻을 때의 감동만은 나를 닮기를 소망한다. 🖋

내 딸 주원이를 향한 응원가

어버이날이다. 별 생각 없이 퇴근했는데 둘째 주원이가
손편지를 건네준다. 한 장의 카드에 엄마,아빠에게 고맙다는
내용을 담은 거다. 그런데 내게 쓴 건 상투적이고 분량도 너무
적다. 대부분은 엄마에게 할애했다. 이런 대목이 눈길을 끌었다.

"엄마, 아빠가 반대해도 그림을 계속 그릴 수 있도록 도와줘서
고마워요."

주원이는 초등학교 6학년이다. 그림이 좋다며 5학년 때 예중에
가겠다고 선언했다. '아! 아내가 또 아이에게 바람을 넣었구나'.
주원이 나이 때 첫째 서원이도 그랬다. 아내는 서원이가
절대음감이라며 성악을 전공시키겠다고 했다. 그 덕에 비싼
레슨비를 꽤 지출했다. 그런데 서원이는 석 달 만에 스스로
포기했다. 이걸 불행 중 다행이라고 해야 하나.

그래서 이번에는 내가 죽어라 반대했다. 미술을 전공한 아내가
집안사정도 고려하지 않고 밀어붙이는 것 같아 야속하기도 했다.
첫 딸의 전례가 있어 포기시키기 쉬워 보였지만 오산이었다.

아빠로서, 또 가장으로서 큰 걱정거리였다. 우선 그림을
그리겠다는 아이의 판단이 옳은 것인지 알 수 없었다. 취미로
그림을 좋아할 수는 있다. 그런데 이걸 전공하고 이 길을
직업으로 택해 끝까지 갈 수 있을지 의문이었다. 사춘기가 오고
세상 모든 게 싫어질 때도 있을 텐데, 그런 때에도 주원이가
그림을 부여잡고 버틸 수 있을까.

운이 좋아 예중에 입학하고, 예고를 거쳐 대학에서 미술을
전공했다 해도 미술을 직업으로 삼을 국내 환경은 아직도
미진하다는 생각도 들었다. 아직은 진로를 정할 나이가 아닌데
너무 섣부른 판단은 아닐까 싶기도 했다.

혼자 벌어 아이 둘을 키워야 한다는 부담도 컸다. 일은
만족하며 잘 하고 있고, 월급도 그리 부족한 수준이 아니다.
하지만 아이들이 고등학교와 대학에 들어갈 즈음을 생각하면
결코 넉넉한 수준이 아니다. 그때에도 사교육비는 여전히 많이 들
텐데. 이런 염려로 반대했지만 주원이의 의지를 꺾을 수는
없었다. 5학년부터 시작된 미술입시 준비는 지금도 이어지고
있다. 주원이는 일주일 내내 방과 후엔 대부분을 미술학원에서
보낸다. 2년이 다 되도록 불편한 학원 의자에 앉아 소묘며
수채화를 그린다. 한번도 그림에 흥미가 있어본 적 없는 내게는

그 시간이 어떤 것인지 가늠도 안 된다.

지금까지 주원이는 미술 수업에 대해 불평한 적이 한 번도 없다. 열두 살짜리 아이가 힘들거나 하기 싫을 때가 과연 없었을까. 그림에 대한 나의 부정적인 태도가 그런 말을 하지 못하게 막았을 것 같다. 그런 주원이의 마음이 올해 어버이날 카드에 그대로 담겨있었다. 나도 읽을 한 장의 카드에 이렇게 쓰고 있으니 말이다.

"엄마, 아빠가 반대해도 그림을 계속 그릴 수 있게 도와줘서 고마워요"

사실 난 아이의 입장이 아니라 어른의 기준으로 판단했다. 일반적인 길을 선택하지 않는 것에 대한 불안감이 나를 그렇게 만들었다. 아이에 대한 걱정이기도 하지만 내 스스로 책임을 더 져야 한다는 부담감도 싫었다. 주원이에게 미안하다. 많이 고민하게 했고, 눈치 보게 만들었다. 아이가 간절히 원하는 일이 생겼다는 건 사실 감사해야 할 일이다. 그걸 몰랐다. 설령 주원이가 예중에 떨어지거나, 재학 중 포기한다 해도 후회하지 않을 것이라 믿는다. 해 볼만큼 해보고 그만두면 아쉬울 것도 없을 테니까. 나는 이제 아이의 노력에 감사하고 그의 삶을 전적으로 믿고 응원할 것이다.

오늘은 예중 입시를 위한 예비소집일이다. 내일부터 시작되는 시험은 주원이의 첫 도전이 될 것이다. 승패는 중요하지 않다. 가고 싶은 길을 찾고 거기에 매진해온 열두 살 주원이가 자랑스럽다. ✒

글c클럽 1기
문진이 ZINIZIP 대표

엄마

엄마의 얼굴을 가까이 들여다본다. 엄마는 여러모로 부족한 나에게 밑도 끝도 없는 응원을 보내주는 유일무이한 존재다. 내가 많이 아팠던 그때, 엄마를 꼭 껴안으며 이렇게 울먹였다.

"엄마는 내 엄마이기 때문에 내가 왜 아픈지, 내가 왜 이런 상황에 처해졌는지 알아야 해. 그러니까 내 말을 들어줘."

그렇게 밤늦도록, 아니 새벽이 올 때까지 엄마를 붙들고 내 속내를 다 털어놓은 적이 있다.

그때 엄마는 "니가 왜 이래, 니가 왜 이리 아파. 내 딸아, 내 딸 진이야, 이렇게 아프면 안 돼. 니가 아프면 안 돼."라며 마구 우셨다. 지금 나는 다시 아주 건강해졌지만, 그때 내가 아팠던 만큼 엄마 얼굴의 주름은 깊어졌음을 알 수 있다.

더욱 마른 어깨와 성성한 흰머리는 누가 봐도 할머니 모습이다.

　엄마의 얼굴을 자세히 살펴보면 당신의 지나온 삶이 다
그려져있다. 시계를 거꾸로 돌려보자. 남편과 함께한 지난 50년을
추억하던 금혼식에서 엄마는 소녀처럼 기뻐했다. 대장과 위에서
동시에 발견된 암과 투병하는 아버지 옆에서 간병하면서 심한
마음고생을 했던 엄마. 아버지의 건강회복을 위해 한 달만
살기로 했던 제주살이가 벌써 12년이 된 텃밭전문가이기도
하다.

　나의 전부같은 엄마에게도, 엄마의 전부 같았던 할머니와의
이별 순간은 땅에 꺼질 것 같았고, 자식들의 결혼과 벌써 성년이
된 첫 손자를 비롯한 손주 셋의 감동의 출산이 이어지던 그때…

　친한 벗들과의 여행이 가장 많이 떠올려진다는 엄마의 50대.

　자식들 키우고 사느라 정신없었지만, 좋았던 기억이 더 많았던
엄마의 40대.

　뱃속의 아이를 위해 태교에 좋다는 클래식음악을 애써
들어보려 했던 젊은 시절의 엄마. 남자를 만나 설레어하며
수줍게 결혼을 약속했던 20대 그 시절.

　그토록 찬란했던 단발머리 10대 여고시절. 3남 2녀 중 셋째로
위, 아래로 치이던 그때 6.25를 겪었던 끔찍했던 기억.

　언제나 든든했던 남편에게 애교 부리며 깔깔깔 웃음치던 때…
그 모든 것들이 엄마 얼굴 속에 보인다.

　사람들은 말한다. 너의 지금이 가장 찬란하고 빛나는 젊은
날이라고… 하지만 깨닫지 못하고 그냥 지나쳐버린 뒤 후회하는

게 인생 아닐까. 거꾸로 돌려진 엄마의 시계를 다시 돌려보면 나의 미래가 보인다.

엄마와는 다르게 그려진 지난 순간순간을 기억하는 내 시계이지만, 앞으로 펼쳐질 나의 미래를 잘 설계해 아직 멀리 있는 어느 날, 엄마에게 보여주고 싶은 마음 간절하다.

"엄마 엄마, 이게 엄마의 자랑스런 딸이에요." 하면서 말이다. ✎

모든 길은 글이 된다

아들에게 전하는 아버지의 이야기
Still Fighting It

jTBC 음악경연 프로그램 '슈퍼밴드'에서 김준협 팀이 Still Fighting It(가수 Ben Folds)이란 노래를 부르는 동안 윤종신은 눈시울을 붉혔다. '아들아! 네가 날 똑 닮은 거 같아. 그래서 미안하구나!~' 라는 소절에선 말을 잊지 못할 정도로 북받쳐 오르는 감정을 힘주어 붙들었다. 노래 가사가 너무 짠하다.

Good morning, son.
잘 잤니, 아들아
I am a bird
나는 한 마리 새란다
Wearing a brown polyester shirt
갈색 폴리에스터 셔츠를 입은
You want a coke?
콜라 마실래?
Maybe some fries?
감자튀김도 먹을래?

The roast beef combo's only $9.95

소고기구이 콤보가 단지 9.95달러구나

It's okay, you don't have to pay

괜찮아, 너는 돈 낼 필요 없단다

I've got all the change

아빠가 돈이 있으니까

Everybody knows

모든 사람들은 알지

It hurts to grow up

어른이 되기 위해서는 아파야 한다는 걸

And everybody does

그리고 모두들 잘 견뎌

It's so weird to be back here

다시 여기로 돌아오니 기분이 묘하구나

Let me tell you what

너에게 해줄 말이 있어

The years go on and

세월은 흘러 가도

We're still fighting it, we're still fighting it

우리는 여전히 힘들게 분투하고 있지

And you're so much like me

그리고 너는 참 많이 나를 닮았구나

I'm sorry

그래서 미안해

Good morning, son

잘 잤니, 아들아

In twenty years from now

지금으로부터 20년 후에

Maybe we'll both sit down and have a few beers

우리는 같이 앉아 맥주 몇 잔을 할 수도 있겠지

And I can tell you 'bout today

그때 나는 오늘에 대해 말해줄게

And how I picked you up and everything changed

너를 품에 안는 순간, 세상 모든 것이 변했다고

It was pain

물론 힘든 날도 있었어

Sunny days and rain

밝은 날도, 비오는 날도 있었지

I knew you'd feel the same things

언젠가 너도 같은 감정을 느끼겠지

Everybody knows

모두들 알아

It sucks to grow up

어른이 된다는 건 정말 엿같은 일이지

And everybody does

그럼에도 모두들 그렇게 살지

It's so weird to be back here.

다시 여기로 돌아오니 기분이 묘하구나

Let me tell you what

너에게 해줄 말이 있어

The years go on and

세월이 흘러도

We're still fighting it, we're still fighting it

우리는 여전히 힘들게 산다는 것을

You'll try and try and one day you'll fly Away from me

그렇게 계속 애써 살다 보면 언젠가 넌 내게서 멀리 떠나가겠지

윤종신은 평소 자신의 가치관이 '인생이란 기본적으로 불행하다'고 해왔다. 자신이 이렇게까지 최선을 다해 사는 이유는 노력하면 조금이나마 덜 불행해질 수 있기 때문이라고 했다. 그의 말을 듣는 순간 왠지 모르게 울컥 했다. 지난 30여 년간 매체를 통해 비춰진 윤종신은 다재다능한 능력을 극대화하며 끊임없이 새로운 분야에 도전하는 워커홀릭의 모습이었다. 최근에는 잘 나가던 프로그램 라디오스타 MC자리를 12년만에 내려놓고, 다른 모든 활동도 중단하는 장기 해외 체류 계획을 밝혔다.

2020년 '월간 윤종신'의 10주년을 기념하기 위해 '노마드 프로젝트'를 제작하기 위한 것이라고 한다. 젊어 고생은 사서도 한다는 속담처럼 이제 막 50세를 맞이한 그는 현실에 안주하지 않고 도전정신으로, 그의 말대로 자신의 삶이 조금이라도 덜 불행해지도록 최선을 다하고 있는 것 같다. 윤종신! 그의 팬으로서 참 멋있어 보인다.

나에게 인생은 어떤 것인까? 즐거움이 가득한 여행, 이렇게 표현하고 싶다. 여행은 가끔 길을 잘못 들어 힘들 때도 있지만 대부분은 즐겁다. 끝나고 나면 더 즐겁다. 나는 이번 생에 한국이란 나라에 오래 머물고 있고, 다양한 사람들을 만나 의미있는 추억을 만들고 즐거운 여행을 하고 있다.

이번 여행 중 가장 중요하다고 여기는 가치를 꼽으라면 자유, 평등, 평화 그리고 사랑이다. 살면서 이중 최소한 세 가지는 언제나 느끼고자 애쓴다. 여행에서 내가 맡은 역할은 딸, 친구, 부인, 엄마

등 여러가지가 있지만 가중치는 연령대마다 다르다. 성인이 된 후 가장 오래 맡은 역할은 디자이너다. 수입이 있을 때나 없을 때나 일이라면 디자인이다. 디자인할 때 나의 여행길은 더욱 풍요롭고 아름다워진다.

나와는 사뭇 다른 윤종신 같은 사람을 보면 기분 좋은 호기심이 생겨난다. 제각기 사는 이유가 다른 사람을 만날 수 있어 행복하다. 오늘은 Still Fighting It 이란 노래를 아들에게 꼭 들려주고 싶다. ✒

중앙일보 글c클럽 1기
하오수

고해

　봄이 무르익는 5월초 무렵이면 겨우 카네이션 몇 송이에 돈 몇
푼 얹어 생색내다가 어느 해 가을녘 국화꽃 잔치 벌린
조계사에서 단 7주, 49제로 영영 떠나 보내드린 내 엄마. 그때
이미 늙은 자식은 에미 잃은 슬픔이라기 보다는 홀가분함
비슷했다.
　그러다가 무심한 세월 속에 다시 봄이 되고... 또 5월이 되면
비로서 붉은 카네이숀 속 그 그리움이 서러움으로 복받혀 목을
치받는다.
　"너희 누구네 빈방 없냐?"
　엄마 당신은, 설마 그래도 자식이 셋이나 있는데... 내가 어떻게
키웠는데... 하셨을텐데도 세상이 변했다며 그래서 면죄라도
받았다는듯 사뭇 당당히 엄마의 소원은 묵묵부답으로 외면한체
요양원으로 모시던 마지막 엄마의 그 이사 길도 이런 봄,

타샤튜더 정원/박정선(글c클럽 9기)

5월이었다.

얼마전까지도 눈길만 마주치면 집에 가자시던 엄마의 간절한
눈빛. 즐겨 입으시던 가지색 치마와 진달래빛 분홍 스웨터
그리고 흰 고무신... 어디 있느냐를 묻고 또 묻고...

봄되어 기운 나면 속리산 놀러 가자시던 엄마를 위로한답시고
봄도 봄이 아니라고 우기고...

찾아들기는 어렵지만 서둘러 떠나는 자식들 등 뒤에서 차마
붙잡지도 못하시면서 다시 또 "운전 조심해라"하시던 엄마의
목소리.

요양원의 전화는 늘 놀라서 받는다.

낯가림 심한 엄마를 온통 낯선 사람, 낯선 손길 속에 던져
놓고도 깨끗한 환경에 잘 모셨노라고, 잘 했노라고 억지 위안
삼으면서 지내오기를 장장 4년여. 돌연 입원하셨다는
전갈이었다.

침대들이 가득히 나란히 놓인 공동병실에서 엄마의 침대를
찾아 둘러본다. 스쳐 지나다 멈추니 한 줌 밖에 안되 엄마의
모습이 침대 속에 있었다. 너무 가엽다. 너무 안쓰럽다...

말씀 없으신 아버지 대신 온 집안의 중심 말뚝으로 평생을
대왕마마 대접을 받으시며 큰 소리 치시던 내 엄마. 돌아 나오는
발걸음 마다 바닷가 들물처럼 거세게 밀려드는 회한들.

"엄마의 마지막은 맏 자식인 내가 지켜드려야 하리라"

순간의 생각이었지만 곧 결심대로 그 주말에 엄마를 일단 우리

집으로 모셔왔다.

심성 고운 남편의 허락 속에 몇십년 시부모 모신 남동생 내외는 해방시켜주고 나는 맏이니까 우리집이다.

이미 엄마는 모르신다. 여기가 어딘지,그렇게 어려워 하시던 사위네에 와 계신지도, 다만 오시는 그날 부터 우리 엄마는 나의 아기가 되셨다. 70여년 전 내가 당신의 아기였듯이.

내가 엄마, 그 몸에서 나고 그 손길로 자랐듯이 이제는 거꾸로 내 아기가 되신 엄마.

씻겨드리고 먹여드리고 젖은 자리 마른자리로 갈아드리고.

하루에도 수 없이 종종 걸음으로 몸은 다소 바빠졌지만 백만분의 일쯤 내가 보답한다는 생각에 마음엔 선듯선듯 행복 비슷한 느낌이 새록새록이다.

이세상 모든 자식. 특히나 딸자식이라면 한번쯤 이런 기회를 가저 보는 것은 확실히 행운이리라.

엄마와 딸. 이 보다 더 귀하고 특별하고 인연이 또 어디 있으랴.

그러다가도 내심, 혹여 이렇게 그럭저럭 몇년으로 길어지면 어쩌나.

잠깐씩은 머리 속이 시끄러워지는 사실을 엄마는 진작에 헤아리셨던가.

국화 꽃향기 가득한 가을 어느 일요일 아침 8시경.

사람들이 흔히 소원으로 기도하듯 눈 감고 주무시던 그대로 몸에서 온기가 식어갔다.

예상 했었건만 막상 엄마의 가슴 속에 넣은 손 끝에 점점 더
느껴지는 차거움이 너무 무서웠다.

우왕 좌왕,아이고대고 할 사이도 없이 병원 엠브런스가
들이닥처 새하얀 옥양목 보에 있는듯 없는듯 폭쌓여 엄마는
인사없이 내 집을 떠나셨다.

어머니의 뜻대로 부고 없이 조용히 3일장례 끝에 벽제를 둘러
나오니 엄마는 돌이킬 수 없는 항아리 속의 한 줌 재로 남으셨다.

꽃 좋아하시던 우리 엄마를 위해 꽃잔치를 벌렸을까.

국화전시로 향기 가득한 조계사에서 단 7주 49제를 끝으로
드디어 천애 고아가 되어 맞이하는 첫 봄,

이 너무도 서러워라.

마지막 몇달을 내가 엄마되고 엄마가 내 아기되었던 것이야말로
내가 엄마에게 해 드린 최고의 효도인줄 믿었는데 그 후
생각수록, 오히려 반대로 그것은 엄마의 자존심이자 맏자식인
딸과 사위에게 베푸신 엄마로서의 최고 위대한 선물이였음을
알게 되었다.

자식 앞에서 눈을 감으셨다는 엄마의 자존심과,마지막을 지켜
임종했다는 자식들의 체면과 위안을 위한 바로 엄마의 위대한
작품. 집에 모시는 동안도 설마 오늘이 마지막일가 싶어
소홀했던,알고도 저지른 이 생생한 불효는 또 어떻게 용서를
빌어야 할까.

「어버이 날」

　이제는 흰 카네이션 꽃잎 겹겹이 그리움과 서러움 가득히
채워서 엄마 아버지 함께 누워계신 붉은배 뒷동산 그 곳으로
찾아가 엎드려 소리 내 울어도 되려나. ✎

(2019년 어느 봄날에)

모든 길은 글이 된다

스페인-안달루시아/박정선

토끼와 거북이

　우리 부부가 함께 일어 공부를 시작했을 때다. 해득능력에서 크게 차이 나는 두 사람을 놓고 선생님은 무진장 고민하시는 듯했다. 고심 끝에 선생님은 초급일어 교재로 함께 수업하되 레벨을 달리하여 작문숙제를 각각 내주는 방법을 택하셨다. 학생 둘이 한 집에 사는 부부이다 보니 학원 강습과 독학으로 오래 전 이미 초급을 뗀 내가 조금 (아니 결과적으론 많이) 손해는 보겠지만 기꺼이 받아들이기로 했다.

　남편은 해외 멀리 여행가는 것은 싫어하지만 가까운 중국이나 일본, 특히 골프 여행은 무척 좋아한다. 남편은 중국말은 배우기 어렵다며 아예 도전조차 안 했지만 일본말은 수년전부터 히라가나 카타카나를 틈틈이 혼자 외우면서 일본에 골프 여행갔을 때 유창하게 일본어를 써보고 싶어 했다. 그래서 울산 내려온 이후, 좋은 일본어 선생님을 소개받았는데 같이 배워보지 않겠느냐고 슬쩍 권했더니 매우 긍정적인 반응을 보였다.
지금까지 살아오면서 내가 권하는 것에 남편이 이런 반응을
보였던 기억은 단연코 없다! 아닌 게 아니라 수업이 시작되자
남편은 엄청난 열의를 보였다.

남편과 나는 공부하는 스타일이 너무도 다르다. 가령 나는
일본어 문장을 들을 때 그 장면을 머릿속에 그려 보며 답을 찾는
반면 남편은 이미 배운 문법을 종이에 표로 그려 놓고 거기에
맞춰보는 식이다. 선생님도 남편의 공부 방식에 매우 재밌어 하며
일류학교 나오신 분들의 공부 방식이 그런가보다 혼자
생각하셨단다. 어쩌다 외국어로 말해야 할 때, 나는 완벽하다
싶지 않으면 절대 말하지 않는다. 일단 속으로 간단하게 문장을
만든 다음에야 입으로 뱉는다. 반면 남편은 화려한 수식어를
달고 예를 많이 넣어 세세한 표현을 끝까지 단번에 해버려야
직성이 풀리는 스타일이다. 그래서 일어 선생님은 남편과의
수업을 무척 즐긴다.

남편은 숙제를 꼬박꼬박 열심히 해올 뿐 아니라 항상 숙제와
관련하여 질문거리를 만들어 온다. 당연히 선생님은 그런 남편을
기특(?)하게 생각하셨고, 언젠가부터 남편에게는 숙제를 두 장씩
내주고 있다. 한 장은 원래 남편의 진도에 맞춘 초급이고, 다른
한 장은 처음 수업 시작할 때 나한테 주었던, 다시 말해 내가 1년
전 풀었던 중급문제다. 남편은 이 두 장의 숙제를 병원까지
가지고 가서 틈틈이 답안을 작성하고 새로운 질문을 만들곤

한다. 그러다보니 남편의 일어 실력이 일취월장하여 이제는 나와
거의 같은 수준이 되었다. 그는 곧 나를 제치고 앞서 달려갈 날을
고대하며 오늘도 싱글벙글 열심히 공부하고 있다.

　1990년대 초 우리 둘이 각각 초빙연구원과 박사후연구원
자격으로 미국에 공부하러 간 적이 있다. 그 당시 남편은 나보다
훨씬 능숙하게 영어를 구사했지만 미국사람들은 what? what?
하면서 되묻곤 했다. 그럴 때면 내가 옆에서 남편이 하고 싶은 말
중 키워드만 뽑아 정확한 발음과 억양으로 다시 해주면 바로
알아들었다. 그래서 생존(?)을 위해 본의 아니게 붙어 다닐
수밖에 없었던 추억이 있다.

　언젠가 우리 부부가 완전히 은퇴하여 자유롭게 일본을
여행하는 때를 상상해본다. 남편은 일본말로 수다를 떨고, 나는
곁에서 묵묵히 듣고 있다가 남편이 혹시 머뭇거리며 "도오시테"
하면 내가 나서서 "도오얏테"라고 거들고 있지 않을까? 우리의
서로 다름을 기꺼이 인정하며,
둘이 함께 했을 때야 비로소
진가를 발휘하는 나의 장기가
오래오래 사용될 수 있기를
기대해본다. 그러려면 두 사람 다
건강해야 할 것은 물론이다. ✒

중앙일보 글C클럽 2기
윤지현 미래애셋대우 선임매니저

나의 직장생활과 아버지

    1998년 외환위기로 취업이 상당히 어렵던 그시절 나는 대학
4학년었다. 우연히 대학내 취업보도과장님의 소개로 영남일보에서
인턴사원을 시작하게 되었다. 비록 인턴직이었지만 아직 졸업도
하지 않았는데 그래도 일할 곳이 생겨서 기뻤다.

    내가 근무를 하게 된 부서는 비서실이었는데 비서분이 계시고
나는 새끼 비서였다.

    나로서는 첫 사회생활이었고 열심히 해야겠다는 마음에
비서언니가 하시는 말씀은 하나에서부터 열가지 놓치지 않고
기억하려고 했다. 그렇게 새로운 것을 하나씩 터득해 나갔고 우리
사장님은 어떤 분이시고 무엇을 좋아하시는지, 편집국장님은
누구신지 또 논설위원님 목소리는 어떠신지….

    사람들의 목소리도 이제 제법 구분을 할 수 있게 되었다.

    근무에 조금씩 자신감이 붙었다. 그렇게 한달반을 보내고
있었는데…

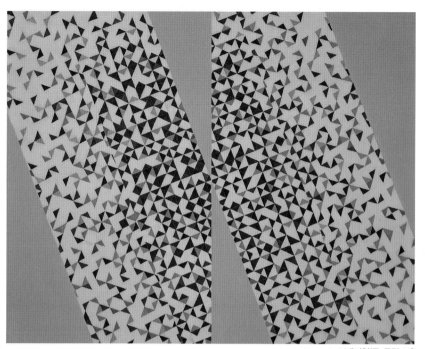

kiss series iii/배기열(글c클럽 1기)

　　대학 담당 지도교수님에게서 연락이 왔다. 국민투신에서
원서가 왔다며 지원을 해보라고 하셨다.
　　금융권이라... 여학생들이 선호하는 직장이다. 그때까지
은행에서 입출금 통장 몇 번 거래해 본 것 밖에 금융에 대해
아무것도 모르는 백지상태였지만 그래도 취업이 뭔지 나는 선뜻
지원을 하게되었다. 운이 좋았던 것 같다. 최종면접까지 보게
되었고... 인사팀에서 전화가 왔다. "윤지현씨 최종합격
하셨습니다!"

1999년 3월 15일. 이날이 내 첫 발령일이었다. 내 생일이기도 했다.
대구 성서지점이었다. 지점 전체직원이 8명인 작은 점포였다.
"오늘이 마침 제 생일인데 새로운 모습으로 태어나 잘 적응하도록
하겠습니다" 이렇게 포부를 밝혔던 기억이 난다.
　우리 지점은 오붓하고 가족적인 분위기 속에서 지점장님도
자상하시고 선배들도 모두 괜찮았다.
　지점장님은 오랜만에 신입사원이 들어왔다며 좋아하셨고 살뜰히
나를 챙겨주셨다. 심지어 산찰을 하고 돈다발을 묶는 방법까지
지점장님께서 직접 꼼꼼히 알려주셨다.
　입사 후 얼마되지 않아 1999년 4월부터 국민투신은 현대투신으로
사명이 변경되었고 현대증권과 함께 바이코리아라는 주식형 펀드를
적극적으로 고객들에게 세일즈했다. 당시 주식이 오르면서 시장
분위기도 좋았고 고객님들도 호의적이었다. 회식도 하고 워크샵도
가고 신입사원으로 재미있게 잘 적응을 하고 있었다. 특히 회식을
하면 소고기를 먹는게 참 좋았다. 늘 회식은 소고기를 먹는 줄로만
알았다.
　1999년 7월. 정사원이 되고 얼마 되지 않았을 때다.
　1999년 8월. 새벽 일찍 비상연락망을 통해 집으로 전화가 왔다.
회사에 중요한 일이 있으니 아침 6시까지 출근을 하라는 것이었다.
허겁지겁 출근을 해보니 대우채권에 문제가 생겨서 고객들이
투자한 펀드에 지급연장이 걸린다는 내용이었다. 이 사건이
금융역사에서 아주 핫했던 대우그룹 부도와 관련한 대우채 편입

펀드들의 환매연기 조치였다. 대우채권의 환매청구가 폭주하였으므로 당장에 돈을 찾으면 50%밖에 못 돌려주고 11월까지 기다려 그때 찾으면 80%, 그 다음해 2월 이후에 찾으면 95%까지 돌려준다는 내용이다. 이른 출근을 하여, 고객님이 오셨을 때 어떻게 행동하고 설명을 해야되는지 찬찬히 설명을 듣고 업무준비를 했다.

  이 날부터 고통의 날이 시작되었다. 내점을 하신 고객님들은 내용을 알고 오시기도 했고 아예 모르고 오시는 고객님들도 계셨다. 이러저러해서 상황이 그렇다고 설명을 드리면 대부분의 고객들은 엄청나게 화를 내셨다. 지점은 좁은데 고객들은 몰려드니 한창구에 대여섯명의 고객이 함께 설명을 듣기고 했고 고객들끼리 합심해서 직원에게 화를 내고 난리를 피우시기도 했다.
  어떨 때 나는 하염없이 눈물이 쏟아지기도 했고 화장실에 가서 잠시 앉아 있다가 다시 자리로 돌아오기도 했다. 그저 내가 할 수 있는 일이라곤 최선을 다해 상황을 설명을 드리고 쉽게 이해시켜드리는 것 밖에 없었다. 늘 화난 고객들을 상대해야 하는 건 아주 고통스러운 일이었다. 고객 중에는 칼을 들고 와서 위협을 하기도 했고, 칼톤(도장이나 돈을 담는)이나 잡지꽂이를 던지는 고객님도 계셨다. 몇번은 경찰이 출동해서 객장이 정리가 되기도 했다. 당황스럽고 힘든 순간들이었다. 소문을 들으니 모

지점에는 도끼를 들고와서 모니터를 내리찍는 고객들도
계셨단다.

　회사를 그만두고 싶어졌다. 출근하는 일이 너무 무서웠다.
고통이었다. 내 스스로가 너무 작고 초라하게 느껴졌다.

　퇴사를 해야겠다고 부모님께 말씀드렸다. 그런데 부모님은
이렇게 어려운 시기에 나오면 다시 취업하기 힘드니 조금만 더
참아보라고 했다. 참 힘이 들었는데... 나는...

　어떻게든 시간은 지나가더라.. 그렇게 겨울이 지나고 있었다.

　어려운 환경임에도 다행히 주가의 흐름은 좋았다. 대우채로
불만을 표시하는 고객이 계신 반면, 주식이 올라 고수익의
펀드수익률을 얻은 고객님들도 계셨다.

　하지만 좋은 환경은 오래가지 않았다. 1000포인트를 찍었던
주가가 하염없이 빠지게 시작했다.

　대우채권 민원과 오버랩되면서 이제는 주가 폭락으로 인한
주식형 펀드 손실로 고객들의 불만과 민원이 급증했다.
장기적으로 기다리면 수익률이 회복되는 펀드도 있었지만
고객들은 그 시간을 기다리기 힘들어했고 또 일정기간이 되면
상품이 만기가 있어 손실이 확정되는 스팟 펀드들도 많았다.
주식형 펀드로 손실을 보는 고객님들이 갈수록 많아졌다.

　대우채라는 어려움이 거의 끝나가니 이렇게 또 하나가
온것이다. 지금 생각하면 금융권에서 일하면서 주어지는

시장리스크는 너무나 당연한 일인데, 지금처럼 투자환경이
선진화 되지 않았었고 고객들 또한 성숙하지 않았으므로 그
힘듦이 고스란히 직원에게 전가되었던, 직원이 고객들 한분
한분을 학습시켜야 했던 시절이었던 것 같다.

그런데 근무에 있어서 힘듦은 시장리스크만 있었던 것은
아니다. 내가 입사한 이후 신입사원을 몇 년간 채용하지 않아
나는 몇 년간 막내로 생활했다. 지점의 온갖 잡무는 내 몫이었다.

늘 야근이었다. 지금 생각하면 어떻게 그렇게 수작업으로
세금을 계산했었는지 신기하다. 또한 그 당시는 주6일 근무
시절이었는데 토요일도 3시30~4시는 되어야 일과가 끝이 났고
휴일이라고 하루 있는 일요일도 자주 등산로 등에서 고객
캠페인을 하거나 등산로 곳곳에 산불조심 홍보물을 부착하거나
하는 날이 많았다.

또 내가 근무한 지점은 인근에 아파트 단지가 많아서 지점에서
아파트 게시판을 제작하여 그곳에 홍보물을 부착해두어
정기적으로 게시판 내용물을 교체하는 작업을 했었다. 계절이
좋을때는 괜찮았지만 한여름과 한겨울은 그 작업이 여간 힘든게
아니었다. 특히 겨울에는 장갑을 끼고 게시판 작업을 하면
아크릴판이 위로 밀려올라가지 않으므로 맨손으로 작업을 해야
했기에 손이 꽁꽁얼어 나중에는 머리가 띵하기도 했다.

그리고 어떤 여름날에는 홍보물을 주차된 차량에 끼우면서
돌아다녔는데 비가 와서 홍보물이 차량 유리에 붙어 불만

고객들이 생겨 항의가 빗발쳤다. 다시 직원들이 나가서 빗속에서
그 홍보물을 다시 수거해오기도 했다. 각종 홍보물들도 주로
지점에서 만드는 경우가 많았고 DM작업을 하느라 야근을 하는
경우도 다반사였다.

생각해보면 이른 아침부터
밤늦게 까지 거의 회사를 위해
올인을 했던 시절이었다.
중간중간에 업무시험도
있었는데 혹시 내가 시험을 못
보면 고스란히 지점 점수가
마이너스가 되니 시험을 잘
봐야했다. 회사에서는 수시로
금융자격증을 따라고 했다.
모든 규제가 자꾸 강해져서
자격증이 있어야 상품을
권유할 수 있게 되었고 이런

알래스카/박정선(글C클럽 9기)

자격시험의 종류는 갈수록 늘어났다.

그렇게 저렇게 나는 정말 정신없이 회사 생활에 적응을 해나가고
있었다.

어느날 아침 나는 평소와 같이 업무개시 준비를 하고 있었는데
사내 방송에서 낯익은 목소리가 흘러나왔다.

"우리집에서 제일 일찍 출근하고 제일 늦게 퇴근하는 나의

사랑하는 딸 지현아..."

아빠의 목소리였다. 전혀 생각지도 못했는데….. 순간 울컥
눈물이 나 탕비실로 뛰어들어갔다.

힘든 내 일상들이 스쳐 지나가기도 했고 아빠의 목소리를 듣는
것만으로 그냥 눈물이 흘렀다.

아빠는 교장선생님답게 교훈적인 내용으로 나에게 회사생활과
동료들을 대하는 태도에 대해 말씀하셨다.

"항상 널뛰기를 하듯 회사 생활을 해라. 널뛰기를 할 때 내가
최선을 다해 힘차게 구르면 상대편이 위로 더 높이 올라간다.
그러면 그 상대편이 내려오면서 더 힘차게 널을 굴러주게 되고
그러면 또 니가 더 높이 올라가게 된다. 그렇게 서로 상대방을
위하면서 직장생활을 해야된다" 이런 내용이었다.

그 순간 밀려왔었던 가슴 따뜻해졌던 감정은 지금도 잊을수가
없다. 내가 힘든 순간마다 부모님이 계시긴 했지만 이런 깜짝
이벤트는 나에게 정말 큰 위로와 용기를 주었다. 감동이었다.

그 후로도 나는 열정 넘치는 지점장님을 만나 루틴하게
돌아가는 지점 일 이외에 지점소식지를 월간으로 발행하는
임무를 맡게 되었다. 당시 파워포인트라는게 뭔지 잘 몰랐는데
소식지를 기획하고 제작하면서 나는 파워포인트를 배우게 되었고
우리지점의 소식지를 발간하게 되었다. 선배들도 많았는데
지점장님은 나에게 전적으로 이 일을 일임했다.

쉽지 않았다. 지점장님 인사말부터 지점소식, 또 회사홍보,

상품, 고객에게 내는 퀴즈 코너까지... 내용이 너무 무겁지
않으면서 또 재미가 없어도 안되고 적정 수준에서 홍보도 되면서
고객이 관심을 가질 수 있게 해야했다. 여러 가지 노력 끝에 지점
첫 소식지가 나왔다. 지점장님의 첫 지점소식지에 대한 만족도가
너무 컸고, 그 이후 나의 월 단위 내 고정 업무가 되어버렸다.

  나는 그 후 극심한 스트레스에 시달렸다. 한달이란 시간은
너무나 빨리 돌아왔고 한달 중 20일은 이 일에 매달려야 했다.
고스란히 내가 기존에 하던 일은 원래대로 다하고 그 이외의
맡겨진 또 다른 내 업무였다. 그 달 치 소식지를 발간해 내고
나면 이내 또 그 다음달 소식지를 기획해야했고, 전체 기획부터
내용작성, 이쁘게 파워포인트로 표현해 내는 일까지... 힘든
작업이었다. 그런데 그렇게 6개월을 하고 나니 7개월차부터
나에게 병이 생겼다.

  눈밑 신경이 미세하게 떨리기 시작했다. 그 떨림은 날이 갈수록
심해졌다. 결국 나는 신경외과로 한의원으로 병원을 다니기
시작했고 도저히 지점 소식지 작업을 병행할 수 없었다. 내가 이
상황이 되니 지점장님은 소식지 작업은 이제 그만하자고 했다.
결국 나 이외에 다른 사람 중에는 그 작업을 시킬만한 사람이
없었을까? 왜 하필 나에게만 이런 시련을 주셨을까? 야속하기도
했고, 또 한편 누군가가 그 힘든 작업을 하지 않아도 되니
다행이기도 했다. 나의 증상은 6개월 이상 계속되었고 양방과
한방을 병행하며 한동안 치료를 계속 한 뒤 조금씩 증상은

완화되었다.

2007년. 현대투신에서 9년 6개월간 근무를 뒤로 하고 나는
미래에셋증권으로 이직을 결심하였다.

뭐 특별한 이유라기 보다 한 회사에 오래 머물러 있다보니
발전이 없다는 생각과 또 그 당시 푸르덴셜 외자계 회사와의 합병
등으로 내부적으로 혼란스럽던 우리회사와는 달리 디스커버리,
인디펜던스 펀드 등 펀드 수익률도 너무 좋고 탄탄하게 굴러가는
미래에셋을 보면서 회사를 이동해 근무해보고 싶다는 생각이
들었다. 우연히 지원을 하였는데 운좋게 합격했다.

합격 후 2007. 9월부터 미래에셋증권 대구지점에서 5개월간
근무를 하였다. 그러던 중 2008년 1월본사 퇴직연금 부서로
발령을 받게 되었다.

나는 처음으로 부모님과 떨어져 낯선 서울에서 생활하기
시작했다. 서울이라는 환경도 낯설었지만, 지점업무가 아닌
본사업무인데다가 내가 전혀 모르는 퇴직연금쪽 업무였다. 모든
것이 낯설고 두려웠다.

내가 발령을 받고 출근을 하려는 그 사이에 설연휴가 끼어
나는 전직장 후배들과 사회생활 이후처음으로 해외여행을
홍콩으로 계획해봤다. 그 동안 지점 근무를 했었기 때문에
여름휴가는 연속으로 5일을 못쓰게 해서 거의 이틀 또는 최대
삼일만 갈수 있기도 했고, 두려움이 많은 나는 사회생활을
하면서 단 한번도 해외여행을 가볼 생각조차도 못해봤었다.

세명이서 신나게 홍콩 여행을 기획하는데 아버지께서 전화를
하셨다. 홍콩 여행 다음으로 미루면 어떠냐고 하신다. 새로운
업무에 적응해야 하는데 그 좋은 설연휴에 공부를 해서 모르는
부분을 익혀야지 그 시간에 여행을 가면 되겠냐고 하신다.
생각해보니 사실 퇴직연금이 뭔지 아무것도 모르는것도 맞고
내가 무슨일을 할지도 잘 모르는데… 덜컥 불안감이 밀려왔다.
나는 아버지의 말씀대로 여행을 포기하고 업무에 대해 공부를
하는쪽으로 생각을 정리하고 연휴기간에 혼자 서울에서 연금
공부를 하면서 보냈다.

본사에 출근하여 퇴직연금영업추진팀에서 근무하게 되었는데
처음 해보는 본사 업무가 만만치 않았다. 기획도 해야 되고
고객용 자료제작도 해야 하고 연금 관련 프리젠테이션도
해야했다. 하나도 내가 내세울 만한 잘하는 것이 없었다.

한번은 처음으로 고객들을 대상으로 프리젠테이션을 하게
되었는데 소위 PT 데뷔전이라며 직원들의 많은 응원을 받고
나갔는데 정작 고객들은 보는 순간 머리가 새하얘지고 사람들이
하나도 보이지 않았다. 어떻게 횡설수설 했는지 모르겠지만
20분이 흘렀고 온몸은 땀으로 범벅이고 얼굴은 달아올라있었다.
너무 못했다는 느낌이 들었다. 그 주 주말을 이용해 나는 사비
100만원 털어 프리젠테이션 1:1 수업에 등록했다.

미래에셋증권으로 이직 후 가끔 대구를 내려가면 책상 위에
우리회사 기사들이 오려서 놓여있었다.

아빠가 항상 딸의 회사를 관심있게 보시고 신문을 읽으시다 우리 회사 얘기가 나오면 기쁜 맘으로 그렇게 해두신 거였다. '수익률 또 1등했더라, 또 어디 진출했더라, 인사이동 있었대' 하시면서...

아빠는 박현주 회장님의 '돈은 아름다운 꽃이다'를 나보다 먼저 읽으시고 회장님의 훌륭한 점을 많이 말씀하셨다. 그렇게 나의 아버지는 딸의 회사를 열렬히 응원하고 계셨다.

본사에 가서도 각종 자격증 공부는 계속 했었는데 한날은 동생에게서 전화가 왔다. 작은누나 공부하는 자격증 시험 꼭 합격 빨리하라고 한다. 누나가 시험치는 날은 집에서 아무것도 못한다며 누나 시험 시작 시간부터 끝날때까지 아빠가 불경을 틀어놓으시고 조용히 기도를 하시는데 집에서 아무소리도 못내게 하신단다. tv를 볼수도 없고 쥐 죽은 듯 조용히 있어야 된다는 것이다. 고시를 보는것도 아닌데.. 나는 웃음이 나기도 했고 아빠의 사랑이 느껴지기도 했다.

한번은 내가 마케팅본부에 근무할 때 였는데 퇴직연금쪽 영업부서 직원에게서 연락이 왔다. 대구에 모기업 회장님을 혹시 아버지가 아시면 소개 좀 해달라는 것이었다. 퇴직연금 도입에 그 회장님 의사결정이 큰 영향력이 있다고 하면서 말이다. 아버지는 경북중고출신으로 동기가 많고 발이 넓으신게 맞지만 확인해보니 그 회장님은 한기수 동기이시기는 하나 직접 연락을 하고

지내지는 않는다고 하셨다. 그런데도 아버지는 아버지의 절친이신
H그룹 회장님이 그 회장님과 친분이 있는거 같다면서 그
친구분을 통해서 자리를 만들어보겠다고 선뜻 말씀하셨다.
몇시간 뒤 아버지는 친구분 H기업 회장님을 통해 신속히 그
회장님과의 약속날짜를 잡으셨다고 연락을 주셨다.

　얼마뒤 나는 우리회사 퇴직연금쪽 대표님과 RM쪽 본부장님을
모시고 약속날짜에 대구에 내려갔다. 아버지가 아버지 친구
H기업 회장님과 그 S기업회장님을 모시고 약속자리에 나오셨다.
직접 한정식 집을 잡아놓으시고 친구분들을 위해 도서도 한권씩
선물하시는 센스를 발휘하셨다. 분위기가 혹 어색하지 않도록
중간중간 말씀도 해주시고 식사비용도 아버지가 계산을 하셨다.
아버지의 행동과 노력들은 나에게 참 감동이었다. 그날 미팅은
처음부터 끝까지 오롯이 아버지가 딸의 회사, 미래에셋증권을
위해 도움을 주신 자리였다. 그만큼 우리 아빠는 당신의 딸을
아끼는 만큼 딸의 회사도 아끼시는 거였다. 내가 영업직원도
아니었고 관련 부서도 아니었음에도 아버지는 당신으로서 최선을
다했던 거다. 그날 아버지의 모습을 보고 퇴직을 하실때까지
아빠가 평생 교직에서 얼마나 성실히 생활해 오셨는지 본인이
하시는 일에 최선을 다하셨는지를 느낄 수 있었다.

　2016년 여름… 2016년 말 미래에셋증권과 대우증권의 합병을
앞두고 나는 본사 인재개발팀을 끝으로 지점으로 갑작스레
발령을 받게 되었다. 본사에서의 생활 10년만에 다시 지점으로

발령을 받은 것이다. 나로서는 참 당황스러웠다. 그동안 성실히
본사생활 잘 해왔고 지점근무를 희망하지는 않았는데 합병을
앞두고 본사에 인원이 많으니 지점으로 상당수 발령을 낸다는
것이었다.

회사의 사정은 어찌되었던 나 개인으로서는 상당히
충격이었다. 회사를 떠나라는 것인가? 온갖 생각이 들었고
10년동안 지점을 떠나 있던 나는 신입사원부터 다시 시작하는
느낌이 들었다. 나는 그 당시 건강도 좋지 않았기에 어렵게 3개월
휴직을 결정하였다. 참 편치 않은 시간이었다.

그런데 휴직 1주일 만에 외할머니께서 돌아가셨다. 대구에
내려가 상을 치르고 나는 몇일 더 대구에 있을 수 있다며 대구에
있겠다고 했다. 그때까지 부모님께 휴직 사실을 차마 말씀
못드리고 있었다. 부모님은 지점출근을 잘하고 있는 걸로 아시고
계셨다. 몇일 뒤 나는 휴직사실을 부모님께 털어놓았다. 너무나
회사생활을 중요하게 생각하시는 분들이기에 혼날줄 알고 엄청
조심스레 얘기를 꺼냈는데 아버지께서 선뜻 잘 결정했다며
휴직기간동안 지점에서 앞으로 잘 근무할 수 있게 준비하면서
보내자고 응원해 주셨다. 그래서 나는 한달여 동안 대구 부모님
댁에서 시간을 보냈다. 공부도 하고 아버지와 아침 일찍 산책도
가고 엄마가 해주시는 몸에 좋은 음식들도 많이 먹었다.
중간중간 척추측만 치료도 다녔다.

그러던 어느날 아버지께서 계좌로 500만원 송금했다고 하셨다.

휴직 기간에 월급도 없는데 그래도 돈이 필요할거니 쓰라고
하셨다. 나도 돈이 있다고 해도 그건 저축해두고 아빠가
준돈으로 쓰라고 하셨다. 감사했다. 나의 직장생활에서 가장
힘든 시간이었는데 그때 아버지의, 부모님의 따뜻한 배려는 나의
회사생활에서 또 한번의 큰 기억으로 남는 응원이었다.

어느덧 직장 21년차다.

언제까지 직장생활을 할지 모르겠지만 내 뒤에는 항상 든든한
내 아버지가 직장생활에 큰 힘이 되어주셨다. 이제 70중반이
넘어서면서 아버지가 전보다는 조금 약해지신 것 같기는 한데…

그래도 여전히 우리회사 관련 좋은 기사가 있으면 카톡으로
링크 걸어 보내주시기도 하고 사진을 찍어 보내시기도 한다.
창립기념일이나 명절에 회사에서 선물이라도 보내드리면 늘
윗사람에게 가서 감사하다고 인사드리라고 하신다.

내가 입사한 순간부터 지금에 이르기까지 부서 이동, 승진,
그밖에 크고 작은 어려움 등 다양한 순간들이 있었다.
생각해보면 때로는 짜증을 내기도, 때로는 회사를 욕할때도
있었다. 그런데 그 순간순간에 늘 아버지가 나에게 많은 조언을
해주셨다. 그 조언 중에는 늘 너무 회사 편에서 생각을 하고
말씀을 하셔서 어떨때는 서운하기도 했었지만 지나고 생각하면
그게 정답이었다.

나는 영남일보에서의 2개월간 짧은 인턴생활을 통해 직장생활
에서의 디테일함을 배웠고, 현대투신에서의 지점생활 9년 6개월

동안 다양한 고객을 만나면서 치열했던 금융역사의 현장에서 시장의 원리를 배웠고, 어떤 순간도 견디어 낼 수 있는 참을성을 배웠다.

미래에셋증권에서의 본사 근무 10년 근무경력을 통해 보다 확장된 사고와 다양한 업무경험을 통해 폭넓고 깊게 생각하는 눈을 키웠다. 지금은 다시 지점에서 이 모든 노력들을 다시 내것으로 녹여내서 고객들과 함께 하고 있다.

주식시장은 물론이거니와 유가 금 등 현물자산들에 대한 흐름과 5G, 4차산업혁명, 트럼프의 기침소리까지.... 세상의 모든 것에 귀를 기울이고 관심을 가져야 한다.

나는 지금 영업직원으로 고객님 한분 한분께 정성을 다하고 다시 발로 뛰고 있다.

모르는 사람은 그냥 오래 회사생활 하네... 하실지 모른다.

하지만 나의 직장생활은 참으로 많은 시련과 노력과 인내의 시간이었고 늘 새로운 도전이 있었다.

그리고 그 뒤에 나의 든든한 응원자 아버지가 계셨다.

아빠 사랑합니다.

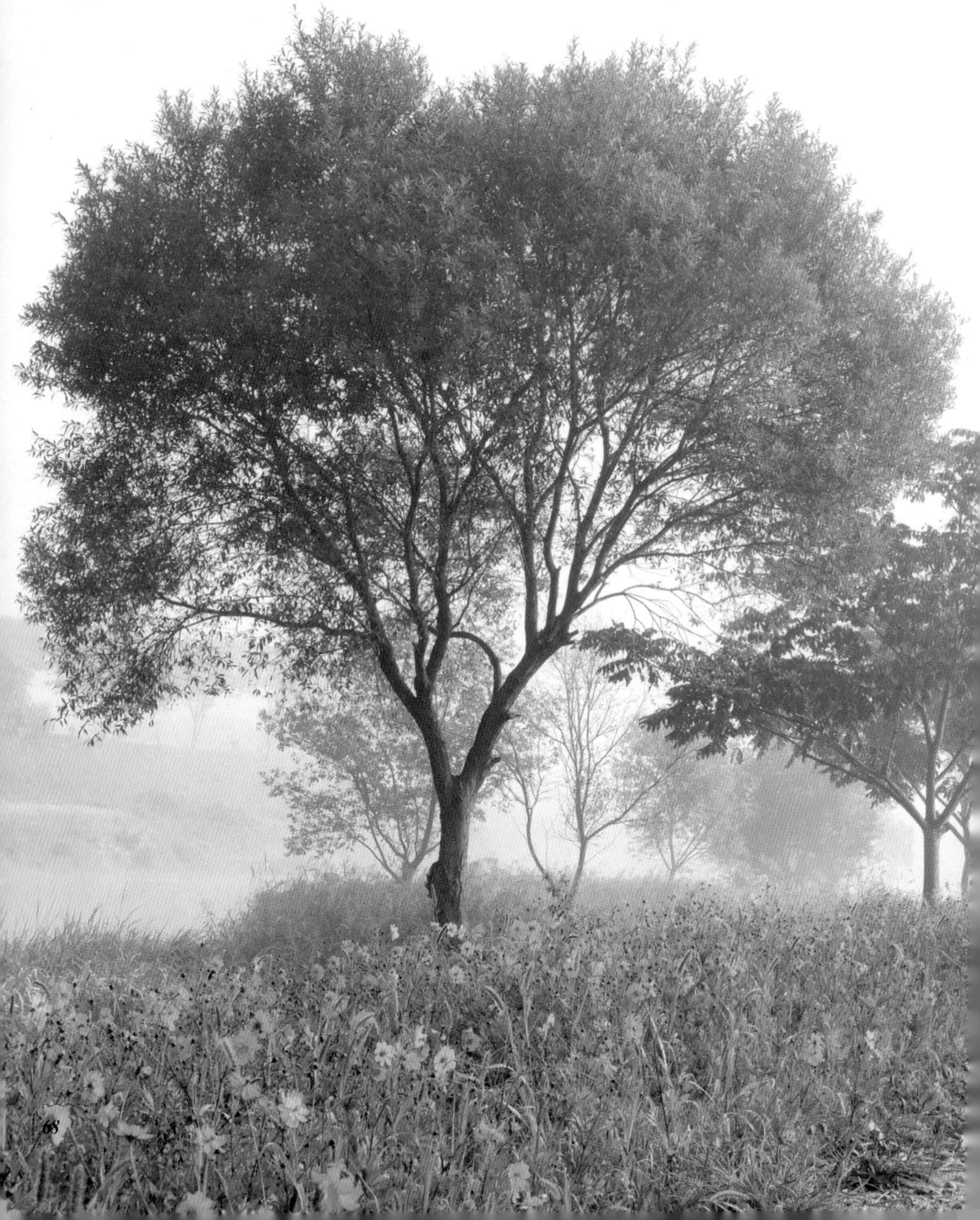

안개가 소리 없이 나를 안는다, 포근하게…
포기하지 않고 가는 길,
나를 끝까지 사랑하는 길

모든 길은 끝이 된다

온 몸을 누르는 저 얼음 덩어리
그 어둠을 뚫고 세상에 나와야 꽃이 되리니

잃은 듯하나 가졌고
얻은 듯하나 잃었던
지나온 시간들

모든 길은 끝이 된다

Ⅱ. 삶이 지혜로 채워지길

장승희 ⋯ Becoming

박정선 ⋯ 루게릭병 소동

최수영 ⋯ 나답게 산다는 것

김화주 ⋯ 무제 세 편

김영식 ⋯ 도시 유목민의 고향

조성경 ⋯ 어설픈 단상

하오수 ⋯ 금혼식

이녕희 ⋯ 수목장지에 대한 斷想

심상복 ⋯ 슬픔은 한낮에도

이명국 ⋯ 사진

I_ll be waiting/배기열(글c클럽 1기)

1941년 히틀러가 소련을 침공했죠.

소련의 사망자는 2700만명에 달했고

레닌그라드는 폐허가 됐습니다.

지옥 속에서 쇼스타코비치는

교향곡 7번 '레닌그라드'를 작곡했습니다.

한 사람의 재능과 지혜가 많은 사람의 생명줄이 되었습니다.

지혜는 위기나 어둠 속에서 더욱 빛을 발하는 것 같습니다.

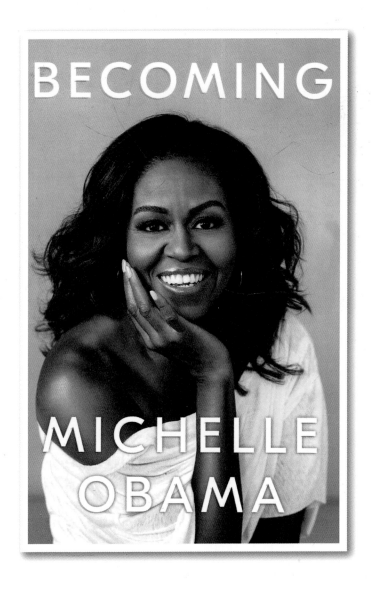

Becoming*

'Bloom where you are planted.'**

'1959년 12월, 부산항에 화물선이 도착했습니다. 대학을 갓
졸업한 미국인 새색시가 샌프란시스코를 출발하여 머나먼
한국으로 왔습니다. 기나긴 항해동안 신랑으로부터 한글을
배우며 두려움이 아닌 호기심을 갖고 왔습니다. 수원의
초가집에서 시집살이를 시작한 트루디 김(김장환 목사 부인)은
60년을 한국에서 살아오셨습니다.'***

미국에서 온 한알의 씨앗은 한국땅에 심어졌습니다. 트루디
여사의 좌우명은 '네가 심겨진 그 곳에 꽃피게 하소서'입니다.

감옥의 여죄수들에게 영어를 가르치며, 유치원에서 아이들을
가르치며, 교회의 주방에서 파이를 구우며 또 교회의 화장실

---

*Michelle Obama(2018), 『Becoming』
**김요한(2018), 『파이 굽는 엄마』, 바이북스
***백성호(2018), "한국 땅에서 60년", 중앙일보

청소를 하며 60년을 그렇게 살아왔습니다. 심겨진 바로 그곳에서
자신의 꽃을 피우고자 했습니다. 한국에서의 긴 세월에
트루디라는 씨앗은 한 송이가 아닌 수많은 꽃으로 곳곳에
피어났습니다. 그 꽃은 든든한 거목으로 자라났습니다.
자식뿐아니라 많은 사람들이 그늘에서 기대어 편히 쉴 수 있는
큰 나무가 되었습니다.

새해가 시작되었습니다. 한 해를 돌아봅니다. 지난 1년간 나는
얼마나 걸어왔는지. 얼마나 열심히 걸어왔는지. 씨앗은 얼마나
심었고, 꽃은 얼마나 피웠는지 돌아봅니다. 매일, 끊임없이
걸어서 이곳에 왔습니다. 감사한 마음을 품고 열심히 왔습니다.

지금 이곳, 또다시 새로운 한해가 시작되고 있습니다.
'무언가가 된다는 것은 하나의 과정이고, 하나의 길을 걸어가는
발걸음이다. 인내와 수고가 둘 다 필요하다. 무언가가 된다는
것은 앞으로 더 성장할 수 있다는 생각을 언제까지나 버리지
않는 것이다. 내 눈앞에 문이 하나 열릴 때마다 나도 남들에게
문을 열어주려고 애썼다.'*

새로운 1년을 시작합니다. 지난해의 날들과 달라 보이지 않는
일상일 것입니다. 다람쥐 쳇바퀴 같이 돌아가는 '매일 동일한
반복의 날들이라 지루해' 불평이 나올 수도 있습니다. 그러나
그런 일상에 감사해야 합니다. 그런 나날들 가운데 꽃씨는
뿌려집니다. 그러한 일상들이 쌓이고 쌓이다 보면 어디선가 문이
활짝 열립니다. 성큼 앞으로 나아가 문을 넘어서고 또다시

계속해서 나아가야 합니다. 문이 열리고, 꽃이 피어나고. 그렇게 우리는 새로운 한해를 설렘과 가능성을 갖고 시작합니다. 올 한해 다시 얼마나 많이 걸어갈지, 얼마나 다양한 문을 만날 지, 얼마나 많은 꽃씨를 뿌릴 것인지 기대하며 나아갑니다.

그러나 이런 설렘과 가능성을 기대하지 못하는 사람들도 있습니다. '남들보다 두 배이상 잘해야 절반이라도 인정받는다고 생각하는 사람들도 있다고 합니다.'* 미셸 오바마의 말대로 '어처구니없을 만큼 운이 좋은' 우리들이 기억해야 하는 사람들입니다. 우리가 가는 일상이 얼마나 소중한 것인지 기억해야 하는 이유입니다.

365일 일상에 감사하며 최선을 다해 살아가겠습니다. 일상 가운데 많은 꽃씨를 뿌리도록 노력하겠습니다. 저희에게 열린 문을 보며 우리보다 운이 좋지 않은 이들에게도 문을 열어주기 위해서 노력하겠습니다. ✒

글c클럽 9기
박정선 대구가톨릭대 석좌교수

루게릭병 소동

어느 날 아침 나는 문득 내 왼손 엄지가 뒤로 젖혀지지 않는다는 걸 알게 되었다. 어렸을 때, 양손을 내밀고 90도 각도로 뒤로 젖혀지는 것을 마치 큰 자랑거리라도 되는 듯 친구들에게 보여주곤 했던 바로 손가락인데…. 오른손 엄지는 그런대로 잘 젖혀지는데 왼손 엄지는 첫 마디가 오히려 조금 앞으로 꺾인 채 뻣뻣하기만 했다. 억지로도 젖힐 수 없었다. 정형외과에 가봐야 하나, 잠시 생각은 했으나 남편이 근무하는 병원에는 손 전문 정형외과 의사가 없다고 해서 두 달을 흘려보내고 말았다.

그러다 어느 날 이런저런 의사들 모임에서 옆에 재활의학과 교수가 앉았기에 내 손가락을 보여주었다. 그는 매우 심각한 어조로 신경과 아무개 교수에게 전화해 놓을 테니 시간되는 대로 빨리 가서 근전도 검사부터 받아보라고 했다. 내 양손바닥의

연꽃/박정선

엄지쪽 근육이 퇴화되어 있는데다가 진행되는 속도도 너무 빨라 루게릭 병이 의심된다는 것이었다.

뭐라고? 내가 루게릭 병이라고? 루게릭 병이라면⋯, 얼마 전인가, 전문요양병원 건립모금을 위해 아이스버켓 챌린지 한다고 유명인사들이 얼음물 양동이를 뒤집어 쓰는 사진 찍어 계속 올리던? 그래서 나는 위대한 물리학자 고 호킹 박사 덕분에 막연히 알고 있던 루게릭 병에 대해 자세한 정보를 찾아보기 시작했다.

"일명 루게릭 병. 근위축성측삭경화증. 근위축증의 일종으로 운동신경세포만 선택적으로 파괴되는 질환. 이로 인해 운동신경의 자극을 받지 못한 근육들이 쇠약해지고 자발적인 움직임을 조절하는 능력을 상실하게 된다. 1930년 미국의 유명 야구선수였던 루게릭이 이 질환을 앓게 되면서 루게릭 병으로 불리게 되었다. 루게릭은 근육마비로 인해 음식을 삼키지도, 말도 못하게 됐고 더 이상 걸을 수도 없게 되었다. 발병원인은 아직 밝혀져 있지 않고 여러 가설만 제기되고 있는 실정이다. 아직 확실하게 효과가 입증된 약제는 없으며, 진단 이후 환자의 수명은 평균 3~4년이다."

"무엇보다 단추 잠그는 것이 힘들고 쓰레기봉투 같은 거 묶을 때 힘들고⋯ 등등 서서히 손의 힘이 빠지고 손가락을 못 쓰게 되는 증상으로부터 시작된다."는 대목에서, 헉~ 단추 잠그기 힘든 거, 그건 내 증상인데 싶었다.

왼손 엄지가 전혀 뒤로 젖혀지지 않는다는 걸 인지하게 된 것은 어느 날 갑자기 셔츠 단추 잠그는 것이 너무 힘들었기 때문이었다. 그리고 유심히 보니 언제부터인가는 모르겠지만 확실히 내 양손바닥의 엄지 밑 근육은 남들처럼 도톰하지 않았다. 이 정도에서 나는 재활의학과 교수의 말이 신빙성이 있는 것으로 여기고 그의 권유대로 신경과 외래 진료를 예약하였다.

그러나 이 병은 진단검사로는 알아내기 어렵고 임상 증상이 빠르게 진행되어 1년 안에 근육마비증상이 곳곳에서 나타났을 때 비로소 확진이 되며 그로부터 3~4년내 사망한다는 점을 감안할 때 넋 놓고 1주일 뒤 예약 날자만 기다릴 순 없었다. 최악의 경우에 대비하여 내 마음을 정리해 둘 필요가 있었다. 정신은 온전하고 시각, 청각, 촉각 등 감각신경도 살아 있으나, 사지를 전혀 못쓰는 채 음식을 입으로 못 먹고 말도 못하고 자발적 호흡까지 불가능한 상태로 3~4년을 살아야 한다면 식물인간보다 낫다고 할 수 있을까? 그제야 나는 호킹 박사의 생전 모습을 구체적으로 떠올려 보게 되었다. 배에 구멍을 뚫어 음식을 투입할 튜브를 꽂고 기관지엔 산소를 공급하는 인공호흡기를 장착한 채 입으로도 손짓몸짓으로도 의사표시를 못하면서 침대에 누워 24시간 간병인의 도움으로 살아가야 한다면 그게 살아 있는 목숨이라 할 수 있을까? 어쩌면 말기 암환자보다 더 처참하게 생의 마지막을 보내게 되는 것이 아닐까?

방주교회/박정선

남들은 루게릭 병으로 진단받고 몇 년 안 되는 남은 생을 어떤 생각으로 어떻게 보내다 갔는지가 궁금해졌다. 인터넷을 뒤져보니 실화를 영화로 만든 것도 있고, 수기를 엮어 책으로 출간된 것도 있었다. 한국의 어떤 작가는 24시간 전동침대에 누운 채 부인의 도움을 받으면서 눈으로 조정하는 마우스를 사용하여 호킹 박사처럼 살면서 활발하게 작품 활동을 하고 있었고, 영국의 어떤 여기자는 휠체어에 앉은 채 여행을 다니다 생을 마감했으며, 미국의 어떤 교수는 연명치료를 거부한 채 매주 화요일 자신의 집으로 제자를 불러 인생에 대해 강의하다가 점점 호흡이 어려워지면서 사망하였다. 나는 아무런 연명장치의 도움을 받지 않을 뿐 아니라 내가 입으로 내 의사를 표현할 수 있을 때까지만 살겠다는 목표를 정하고 그 마지막 순간이 눈앞에 보일 때 스스로 생을 마감해야겠다는 생각을 굳혔다. (호주의 구달 교수처럼 스위스에 가서 죽는 것도 고려해 보기로 했다.) 루게릭병이 맞다면 내 힘으로 온전하게 살아갈 수 있는 날이 너무도 짧을 것이므로 재활의학과 교수의 말을 들은 그날 밤 안으로 여기까지 빠르게 마음을 정리하고 남편에게 이 이야기를 전하였다.

남편은 매우 황당해하였으나 나는 단호하게 내 결심을 말하였다. 그게 내 자신을 위한 최선이니 부디 협조해 달라고. 돌이켜보면 지금까지 나는 내게 주어진 가정적 사회적 역할에 충실하였다고 자부할 수 있으며 그런대로 좋은 사람들을 많이

만나 맑고 밝게 살 수 있어 행복한 인생이었으니 아쉬울 게
없다고.

　그리하여 내가 세워놓았던 2018년 하반기와 2019년 계획의
수정판을 루게릭병 진단에 대비하여 또 하나 만들었고, 신경과
교수가 시키는 대로 목 부분 MRI 검사를 먼저 받은 후 근전도
검사를 예약하고 기다리고 있었다. 그 즈음 어떤 일로 막내
동생을 만나게 되었는데, 내 이야기를 들으면 너무 놀랄까봐
아무렇지 않은 듯 하하하 웃으면서 내가 루게릭 병일 수도
있단다. 그렇게 생각하게 된 것은 손바닥의 엄지손가락쪽 근육이
퇴화되어 있기 때문이란다 라고 했다.

　그러면서 동생의 손바닥을 보니 내 손바닥과 너무 흡사했다.
그때서야 아차 싶어 또 다른 동생에게 전화를 걸어 손바닥을
휴대폰으로 찍어 카톡으로 당장 보내라고 했다. 그 동생도
마찬가지였다. 우리 자매의 손바닥이 모두 닮아 있었다. 그러고
보니 재활의학과 교수가 내 손바닥 모습을 달마다 비교
관찰하다가 빠르게 퇴화했다고 말할 수 있었던 건 아니지
않는가. 그때서야 상황에 대해 모든 게 또렷해졌으며, 손가락
변형의 원인도 짐작이 되었다. 반년 전부터 사용하기 시작한
폭이 넓고 무게도 많이 나가는 S노트의 과도한 사용으로 인한
방아쇠수지. 이렇게 스스로 진단을 내린 채 U대 병원 정형외과
교수를 찾아갔더니 그도 초음파검사를 해보자곤 했으나 내가
내린 진단에 동의하였다. 이왕 예약해 놓은 것이니 신경과

교수에게 근전도검사도 받아봤는데 그녀는 아무래도 루게릭
병은 아닌 것 같은데 왜 그런 생각을 하게 된 건지 궁금해 했다.

　그래서 나는 조금 더, 아니 어쩌면 많이 더 오래, 이 세상에
머물러야 될지도 모르겠다. 그러나 나는 이제 내가 얼마나 더
살지 그래서 무슨 계획을 세우는 게 좋을지에 대해선 신경 쓰지
않을 작정이다. 언제 떠나도 될 채비를 이번에 단단히 해
두었으므로. ✐

글C클럽 12기
최수영 시사평론가

나답게 산다는 것

우리는 대부분 태어나서부터 지금까지 '나'보다는 '남'이 기준이 되는 삶을 살아왔다.

'남'들이 어떻게 보느냐가 '나'를 결정했기 때문이다.

'남부끄럽지' 않게 사는 게 미덕이고, '남우세스러운' 행동은 그 집안의 수치이며 '남보란 듯이' 성공하는 게 대다수의 목표였다.

밥을 먹으로 가도 농담 비슷하게 '뭘 먹어야지 잘 먹었다고 소문이 날까'하면서 메뉴판을 들고 고민하는 식당풍경은 익숙하다.

어디 식사만 그럴까. 대한민국이 최대 성형대국으로 떠오른 것은 '남보다 예뻐 보이기' 위해서거나 아니면 '남만큼 비슷한' 외모를 가지려는 욕망이 기반이 됐다.

쉬는 것도 남보다 앞서려는 욕구가 강하다.

잘 쉬는 게 목적인 휴가도 비교의 대상이 된다.

어제를 살다 가신
오늘을 살아가는 아득한 시간들.
새벽녘 찬연하게 빛날 때 꽃은 지기에 더욱 아름다운 것임을.

SNS를 통해서 올리는 휴가모습은 휴가의 면면이 공유되는
선을 넘어서 내가 최소한 이렇게 즐긴다는 점을 강조하는
메시지가 된다.

최근 남의 관심을 받고 싶어 하는 욕구가 지나치게 높은 병적인
상태를 일컫는 '관심종자' 이른바 '관종'이라는 신조어가
등장했다.

이는 우리 사회 분위기가 남과의 비교를 넘어 남의 시선을
독점하겠다는 수준으로 격상했음을 시사한다.

사회적인 논란이 되는 권력형 갑질이나 도를 넘어선 과시적
소비행태도 '남에게 보여주기' 위한 욕망이 빚어낸 일그러진
모습들이다.

왜 우리는 자신의 방식대로 행복을 찾는 일을 그냥 놔두지
않을까.

왜 우리는 더 행복해질 수 있는데, 때론 비교하고 때로는
휘둘리면서 스스로를 불행하게 만드는 걸까.

타인의 개입으로부터 자유로워지겠다는 결단은, 흔들리지 않고
나다운 행복을 지켜가는 일은 끊임없이 고민하고 스스로
노력해야 되는 일이다. 나의 행복은 내 주체성에 기반을 둔
아이덴티티를 가질 때 가능해진다.

최근 세대를 관통하는 표현으로 '욜로족' '포미족' '소확행' 등이
있다. 미래를 위한 희생보다 현재를 즐기는데 집중하고 건강이나
여가 등 자신의 가치관에 과감히 집중할 줄 알며, 일상에서

작지만 확실한 행복을 추구한다는 트렌드들이다. 바람직한
현상이다.그러나 여기에는 반드시 전제돼야 하는 것이 있다.

'자신이 뭘 할 때 즐거운지' '어떨 때 행복한지' 등 이런
말들이다. 그렇지 않은 채 무조건 따라하는 것은 '주어'가 빠진
문장이고 남들이 느끼는 행복을 허위로 공감하는 '유사행복'일
뿐이다.

최근 유행하는 말로 표현하면 싸움에서 졌는데 내가 이겼다고
착각하는 소위 '정신 승리'와 비슷하며 불행한 현실을 낙관적인
상상으로 해석하는 '행복 회로를 돌리고 있는' 격이다.

나를 알기에 늦은 때는 없다. 그러기 위해서는 목표의
일상성(日常性)을 가져야 한다.

남들로부터 인정받는 특별하고 거대한 것만이 목표가 아니다.

일상의 목표는 비행기가 연착륙을 할 수 있도록 해주는
활주로와 같다.

그것이 없다면 스스로의 삶은 내면의 충돌만 일어날 뿐이다.

행복은 지속적인 감정이 아니기 때문에 가장 행복해지는
방법은 '큰 행복'이 아니라 '작은 행복'을 '내가' '자주' 느끼는
것이다. 🖊

그래서 인상적이라는 건 구체적이라는 의미다.

중앙일보 글c클럽 2기
김화주 화가

무제 1

20년도 지난 일이다. 어느 날 남편이 조그만 화분 하나를
가져왔다.

"신기한 식물이니 한번 잘 키워봐. 사랑초라고 하는데 꽃말은
'당신을 끝까지 지켜줄게'래. 내 맘과 같은 거 알지?"

사실 난 식물재배에는 소질이 없다. 그다지 내키지 않았지만
남편의 성의를 생각해 키워보기로 했다. 먼저 이 식물에 대해
공부를 하기 시작했다.

사랑스러운 연분홍 꽃을 찾아 날아온 나비가 차마 떠나지
못하고 붙어 있다 잎이 되어버렸다는 전설을 지녔단다.
나비사랑초라고도 불리는 이유다. 해가 지면 꽃과 잎이
오그라든다. 밤에는 나비날개처럼 잎을 접고 아침이면 다시 잎을
넓게 여는 참으로 오묘한 생명체였다. 관심을 갖고 키우니 점점
애정이 갔다. 정성을 들여 물을 주었더니 꽃을 볼 수 있었다.

작고 예쁜 꽃은 너무 여려서 어떻게 다뤄야 할지 모를 정도였다.
하지만 생명력은 의외로 강했다. 애정을 쏟는다 했지만 가끔은 물
주는 일을 깜빡하곤 했다. 언제는 장기간 여행을 다녀오느라 홀로
둘 수밖에 없었다. 당연히 시들어 죽었으리라....

걱정하며 집으로 돌아와 보니 꿋꿋이 잘 버티고 있었다. 그렇게
사랑초는 우리와 친해져 한식구처럼 되었다. 하지만 익숙해진다는
게 꼭 좋은 것만은 아님을 그때 알았다. 언제나 거기 붙어있는
벽지처럼, 무심해지는 것이었다. 그러다 보니 물 주는 일에
소홀해지는 일이 잦았다.

어느 날 깜짝 놀라 화분을 보니 모든 잎이 다 시들고 꽃대도
쓰러져 있었다. 소생할 가능성은 낮아 보였다. 속죄하는 마음으로
다시 정성껏 물을 주었다. 큰 기대는 하지 않고.

일주일, 아니 열흘쯤 지났을까.

화분에서 뭔가 올라오는 기운을 느꼈다. 그 뒤 매일 아침 일어나
화분을 들여다 보는 것이 일과가 되었다. 마침내 아주 작은 새싹
하나가 올라오는 것이었다.

휴우~~ 다행이다....

지은 죄를 사함 받는 기분이었다. 더 열심히 사랑을 주었더니
줄기가 점점 튼실해지면서 화분 가득 잎이 채워졌다.

다시는 생명을 가진 모든 존재를 소홀히 대하지 않겠다고
다짐했다. 한 줄기 꽃이 주인의 게으름 속에서도 20년을 이어가는
끈기를 보면서 모든 생명에 한없는 경외를 보낸다.

무제 2

집으로 돌아오는 길, 동쪽에서 일 보고 서쪽으로 달리고 있다.
해질녘이었다.

퇴근시간 정체로 올림픽대로 위에서 지는 해를 보며 천천히
천천히 차를 굴려가고 있었다.

한남대교 너머로 오늘 따라 유난히도 둥글고 큰 해가 파란
하늘을 붉게 물들이며 존재감을 드러내고 있었다. 위쪽 하늘은
파아랗고 아래쪽은 붉은 오렌지빛 말 그대로 한 폭의 그림이었다.

순간 행복감이 밀려왔다. 막힌 도로가 감사했다.

세상만사 보기 나름이다.

문득, 우리네 삶도 열정과 애정을 다하여 예쁜 그림 그리듯
산다면 나이가 들어서도 우아한 자태를 이어갈 수 있으리.

빛나던 화려함은 사그라들겠지만 잊혀지는 게 아니라 의미있는
여운을 남기며 아름답게 마무리할 수 있으리.

지금 살아있음에 감사하며 매 순간을 소중히 여기며 최선을
다하며 살기를 오늘도 기도한다.

무제 3

어렸을 적 난 언제나 칭찬받는 아이였다.

사춘기 때는 꿈 많은 소녀였고, 숙녀가 되었을 땐 좋아해주는
사람도 많았다. 하지만 난 누군가를 사랑하기보다는 궁금한
주제를 캐고, 하고 싶은 일에 더 마음이 끌렸다.

배우고 싶은 것들을 노트에 차례로 적어놓곤 했다.
버킷리스트처럼.

그걸 하나씩 시도하고 경험하면서 나의 경력으로 만들어갔다.

그런 활동이 즐거웠고 나의 행복지수는 높아졌다.

덕분에 그리 깊지 않더라도 다양한 방면으로 적당히
만족스러울 만큼 지식과 경험을 축적해 갈 수 있었다.

결혼 후에는 여느 여자처럼 가정과 가족을 우선했다.

그랬던 내가 요즘은 다시 달라졌다. 나를 위한 시간에 더
관심을 쏟는다. 가끔은 고독을 진하게 즐길 줄도 안다.

절대로 내 곁을 떠나지 않을 것 같던 부모, 형제, 친지들...

그들도 때가 되면 유명을 달리할 수 있고 오랜 시간 애써 모은
재산도 한 순간에 잃어버릴 수 있다.

영원하다고 생각했던 사랑도 쓸쓸한 종착역에 다 다를 수
있으리라.

하지만 나에게서 분리될 수 없는 차곡차곡 쌓아온 지식과 경험이 준 선물, 지혜와 온몸으로 익혀 내 것으로 만든 기술은 내가 존재하는 한 항상 함께한다.

지식과 지혜와 기술을 준비해 온 나 자신에게 시간과 열정을 헛되이 쓰지 않았음에 감사한다. 내가 나를 사랑하는 이유이기도 하다. 🖋

매봉가절배사친(每逢佳節倍思親).
우리에게 친숙한 당나라 시인 왕유의 시귀다.
부모형제를 떠나 홀로 객지에 사는 사람이 명절을
맞이하면 고향의 그들이 더욱 그리울 것이다.
인지상정이다. 고향에 대한 향수가 겹칠 경우
그리움은 배가될 것이다. 나도 나이가 들어갈수록
명절 때마다 더욱 고향생각이 난다.

도시 유목민의 고향

고향은 태어나서 자란 곳이다. 태어난 곳이 없는 사람은 없다.
그러나 자란 곳이 없다고 할 사람은 있다. 유목민이 그럴 것이다.
철 따라 가축을 몰고 먹이가 있는 곳을 찾아 흘러 다니기
때문이다. 집시도 그런 쪽이다. 사정에 따라 정처 없이 떠도는
생활을 하기 때문이다. 유목민이나 집시는 고향이 없을 수도
있겠다. 고향이라고 하면 상당기간 정착해 살아야 한다.
그 정착지를 떠나 타지에서 살아야 고향이 생기는 것이다.

내 고향은 먼 남쪽이다. 대학교에 입학하면서 서울에 올라와
지금껏 살고 있다. 생활한 시간으로 치면 서울이 고향이라고
해야 할 것 같다. 타향도 정들면 고향이라는 유행가 가사도 있지
않은가? 하지만 나에겐 서울이 고향 같다는 느낌은 없다.
메트로폴리스의 생활이 너무 기계적이고 팍팍하여 정이 들지
않는 때문일까.

　　고향이 주는 느낌은 사람마다 다를 것이다. 하지만 고향에서
느끼는 공통된 느낌은 그리움일 게다. 그 그리움은 어디서 오는
것일까. 추억 때문일 듯 싶다. 몇 토막 추억이 아니라 마음의
뿌리가 되는 기억 때문일 것이다.

　　우리 세대는 격변의 시대를 살았다. 정적이던 농경사회에서
산업화를 거쳐 이제는 초현대적 공간에서 살고 있다. 숨 가쁜
속도로 변하는 시대를 관통해 왔다. 그 과정에서 조상 대대로
살던 농촌을 떠나 배움이나 생존의 터전을 찾아 대처로 나왔다.
그리고는 생활의 기반에 따라 이리저리 옮겨 다니며 살았다.
유랑민 같은, 바로 도시의 유목민 생활을 한 셈이다.

　　내가 어렸을 때 농촌 인구는 전 국민의 70%를 넘었다. 우리
세대는 대부분 농촌에서 태어나 그곳에서 자랐다. 당시 사람들은
조상 대대로 한 지역에 정착해 사는 경우가 대부분이었다.
집성촌도 그래서 생겨났다. 그곳엔 부모형제뿐 아니라 할아버지
할머니, 그리고 가까운 일가 친척이 오손도손 모여 살았다.
돌아가신 조상들도 가까운 이 산 저 산에 묻혀 같이 살았다 해도
과언이 아니다. 시제 때에는 동네 일가들이 다 모여 까마득한
윗대 조상 무덤부터 찾아 추모했다. 철 모르는 코흘리개들도
묘사 떡을 받기 위해 줄을 섰던 기억이 새삼스럽다. 할아버지나
할머니로부터 당신들의 조부모에 관한 이야기를 들었고, 본 적도
없는 먼 조상들의 지혜도 전해 듣곤 했다. 이제 이런 일들은 다
전설이 되었다.

죽마고우들은 항상 그리운 존재다. 우리는 한없는 자유로움과 호기심으로 들판과 개울을 헤집고 다녔다. 뛰놀다 목이 마르면 그냥 엎드려 마셔도 되는 청정수였다. 그 개울물에서 가재나 피라미를 잡았다. 어쩌다 메기나 뱀장어를 잡으면 그 희열이 하늘을 찌를 듯 했다. 어느 가을날 논둑의 야생 벌집을 돌팔매질로 해코지하다가 벌에 쏘여 울면서 집으로 돌아오기도 했다. 소 꼴 먹이러 뒷골로 올라가 풀밭에서 친구들과 씨름판을 벌리기도 했다. 잘 놀다가도 어떤 때는 다투고 주먹질이 오가기도 했다. 그 모든 것이 그립다. 동네 사람들에 대한 기억도 많다. 외부와 거의 단절된 사회에서 일상적인 일들이 사람의 입에 오르내리는 뉴스가 되고, 그것은 오랜 세월의 흐름을 타고 추억으로 승화했다.

세시 명절이나 집안의 행사도 많은 추억을 낳았다. 설이나 추석은 지금도 세를 자랑하지만 그때는 정말 대단한 행사였다. 설빔으로 어머니가 손수 만들어 주신 새 옷을 입고 새벽부터 조부모 이하 어른께 차례로 세배를 드릴 때에는 어린 내가 훌쩍 커졌다는 느낌이었다. 추석 놀이 중에는 그네타기가 압권이었다. 땋은 머리가 엉덩이까지 닿는 처녀들이 치마폭을 넓게 휘날리며 창공으로 솟구치던 모습은 지금도 가슴을 설레게 한다. 정월대보름에는 동네 청년들이 산에서 청솔가지를 쳐 와 움막집 같은 달집을 지었다. 동산에 둥근 달이 떠오르는 때에 맞추어 달집에 불을 붙이면 솔가지 타는 냄새와 함께 불길은 세차게

모든 길은 끝이 있다

하늘로 치솟았다. 아녀자들은 주변에서 달님께 소원을 빌었다.
마을의 안녕을 비는 동제(洞祭)(우리는 당산제(堂山祭)라
불렀다)는 동네 전체의 행사였다. 음력 섣달 보름날 밤에 온 동네
사람이 모여 풍물을 울리며 당산제를 올릴 제주를 가려 뽑는
행사를 했다. 한 손으로 잡기 버거운 큰 대나무 장대(우리는
서낭대라 불렀다)에 신이 내려 서낭대가 우쭐대며 제주가 될
집으로 인도해 갔다. 행사가 끝날 즈음엔 둥근달이 중천에 떠
있었다. 혼례는 또 얼마나 재미있던가. 초례청의 행사와 이어
벌어지는 신랑 다루기는 드문 구경거리였다. 논매기도 동네
행사였다. 세 벌 논매기를 마칠 무렵 일꾼들이 논에서 벌이는
장난과 지주(地主)가 준비한 풍성한 음식으로 일꾼들의 노고를
위로해 주던 풍습도 이제는 찾아볼 수 없게 되었다.

　사람들이 도시로 빨려들어 가면서 우리의 고향들은 공동화되어
갔다. 인구가 줄어들고 그것도 노인들만 사는 곳이 되었다. 가까운
당내(堂內)의 친척은 찾아보기 어렵고, 아는 사람조차 줄어들었다.
머지않아 그나마도 사라질 것이다. 사람을 만나거나 방문하기
위하여 고향에 갈 일이 없어졌다. 고향을 찾을 큰 이유가 사라진
것이다. 조상 산소에 성묘하기 위하여 가는 것이 고작이 된
것이다. 어느 소설의 제목처럼 '그대 다시는 고향에 가지 못하리'가
된 것이다.

　연전에 성묘 가는 길에 고향 마을에 들렀던 적이 있다. 부모님
산소는 가까워야 한번이라도 더 찾아뵐 수 있을 것 같아 장호원

근방에 모셨다. 조부모님이나 그 윗대의 산소는 더욱 가보기 어렵게 되었다. 나름 큰마음을 먹고 간 걸음이다. 길에서 몇 사람을 마주쳤지만 모두 낯선 사람이었다. 노인정 앞에서야 겨우 촌수가 먼 조항(祖行)의 할머니 한 분을 만났다. 인사를 드렸더니 반색을 하면서 맞아 주셨다. "그래, (고향에) 찾아와야지"라며 탄식 같은 몇 마디를 하시며 구부려진 허리를 펴고 먼 하늘을 쳐다보셨다. 왜 자주 고향에 오지 않느냐는 질책 같기도 하고, 고향을 떠난 많은 이들을 향한 푸념 같기도 했다. 고향을 지킨 어른으로서 자부심과 충고 같기도 하였다.

　이제 나는 고향 없는 유목민이 아니라 고향을 잃은 유목민이 된 것 같다. 나이가 들수록 가지 못하는 고향은 더욱 그리워진다. 그건 추억의 뿌리가 고향에 있기 때문이 아닐까. 세월이 갈수록 그 뿌리가 싹을 틔우고 나무가 되어 점점 더 거목으로 커가기 때문일 것이다. 🖋

어설픈 단상

42년 지기

　그새 함께 보낸 시간이 마흔 두 해 한동안은 하루 네댓 시간 꼭
붙어 보내기도 했는데, 언젠가부터 그저 멀뚱멀뚱 바라보기만
했습니다. 그 사이 겉은 바래고 상처나고, 그래도 참 변함없이
기다리기만 합니다.

　오랜만에 먼지 걷어내고 조율도 하고, 화가 나고 서운해 음도
이상한 고집을 피우고, 소리도 엉망내면 어쩌나 조마조마했는데
그 당당하고도 섬세한 소리는 여전합니다.

　매일 붙어 있진 않아도, 예전처럼 화려하게 건반위를
날아다니진 못해도 지금의 우리 모습대로 무리하지 않고 서로
위로하고 격려하고 나누며 그리 지내기로 약속합니다.

진짜 엄마 마음

새벽기도 다녀오시자마자 엄마는 분주합니다. 그냥 사과 한 개 밤 몇 톨 비닐봉지에 넣어도 넘칠 것을 사과는 한입 쏘옥 들어가게 자르고, 찐 밤은 한톨한톨 손으로 껍질벗겨 부서질까 통에 넣습니다.그리고 텀블러에 커피 한 잔. 에코백 한가든 채운 식량을 건네시는 엄마에게 딸은 퉁명스레 던집니다.

귀찮다니까, 뭘 자꾸 들고 가라고 그래.

속마음은 그게 아닌데, 매일 아침 연구실 책상에서 펼칠 때마다 목이 메이면서도 단 한번 표현을 못합니다.

좋은 소리 한 번 못들어도, 새끼가 쉰이 되었어도 그냥 그렇게 하는 게 진짜 엄마 마음입니다

커다란 태풍 뒤의 작은 다짐

누군가를 앞질러가기보다 누군가를 앞서게 하는데 힘을 보탤 수 있으면 좋겠습니다.

빛나는 일에 비집고 들어가려 기웃거리지 말고 해야 하는 일이지만 미처 챙기지 못한 일을 찾아 조용히 매진할 수 있으면 참 좋겠습니다.

체면을 앞세워 사랑하는 이들에게 상처주는 일을 멈추고 거짓됨을 물리치는 용기로 실천할 수 있었으면 정말 좋겠습니다.

뒷걸음질치지 않고 앞으로 나아가되 뒤를 돌아보며 교훈으로 삼고 옆을 바라보며 보폭을 맞출 수 있기를 소망합니다.

마흔아홉 해 첫날, 심곡서원에서의 다짐

감사.

마흔 아홉해까지에 붙인 이름입니다. 암만 더 근사한 단어를 찾으려 해도 감사, 이 단어가 유일합니다.

첫번째 감사는 엄마, 아부지입니다. 튼튼함과 강건함 그리고 무한 낙천을 DNA로 탁 넣어주셨으니 게다가 왜곡이나 결핍없이 만들어주셨으니 그 감사는 비할 데가 없습니다.

두번째 감사는 사람입니다. 가까이서든 멀리서든 말 그대로 좋은 분들 덕분에 맘껏 일하고 과분한 평가도 받았습니다. 세상에 나만큼 인복이 환상적인 사람이 있을까요.

앞으로의 시간은 착한 기여로 채우고 싶습니다. 착하게 바르게

앞보단 옆 혹은 뒤에서 그렇게 누군가에게 또 사회에 도움이 될
수 있는 그런. 이만큼 지내면서 마음으로 온몸으로 느끼고 배운
하나는 나보단 우리, 우리보단 함께가 훨씬 많은 걸 그리고 바른
방향으로 해낼 수 있다는 것입니다. 근데 딱 하나 몸서리치게
두려운 게 있습니다. 엄마, 아부지가 늙으시는 것 그러니까 엄마
아빠가 나이드는 거 말고 늙는 거. 그 어떤 것도 감당해 보겠다고
철없이 용기낼 수 있는데 이건 정말 자신도 없고 겁이 납니다.
감사를 동력으로 착한기여를 실천하기 위해 출발합니다.

#반가움 그리고 고마움

살아온 방식도, 정치적 성향도 성별이나 나이, 사는 동네나
학교 그 어디에서도 유사성을 찾을 수 없는 사람들.

그런데 안타까워하는 포인트와 그 문제를 풀고 싶어하는
마음이 닮았다는 걸 안 순간 좀 놀랐습니다.

심지어 문제를 바라보는 시각과 담아둔 생각 그리고 풀어내는
구체적 방법까지 꼭 닮았다는 걸 인지한 순간 신기함을 넘어
숨이 멎을 뻔 했습니다.

전혀 달라보이지만 그렇기 때문에 더 존중하고 인정하고
협력하면 도저히 풀릴 것 같지 않는 문제도 풀어낼 수 있으리란
신남을 갖는 건 너무 철딱서니 없는 기대일까요. 신기한
오늘이었습니다.

오래감, 그 의미

한 해에 한 두번 뭉치는 넷이 있습니다.

쉬지 않는 수다, 그 속의 온갖 공유 끝없는 유쾌함 그리고 따뜻함.

계산을 하려는 순간 넉넉한 주인장께서 한 마디. 오늘은 교수님한테 돈받지 말라했어요. 나머지 셋이 말합니다. 오늘은 교수의 날, 어린이날 어린이는 돈 안내죠? 하하하

겹겹의 세심함에 눈물이 핑했습니다. 올해의 마지막 달 어느날 만남을 약속하고 또 각자의 두 계절을 응원하고 돌아섰습니다.

그리고 이렇게 외쳤습니다. 우리 멋지게 삽시다!

경험의 오류

'처음'은 설렘과 긴장감을 동시에 툭 던져놓습니다. 그래서 더딜 순 있어도 크게 실수를 하거나 잘못을 저지르는 일이 오히려 적습니다.

비엔나 첫 출장. 금요일 일정이 끝났는데 토요일 하루를 더 보내고 일요일에 돌아오기로 했습니다. 금요일 저녁 8시30분, 쉔부른 궁전에서의 음악회를 예약했습니다. 잔뜩 긴장을 하고 지하철 갈아타고 무사히 도착했습니다. 토요일 아침 9시 후배와 쉔부른 궁전에서 만나기로 했습니다. 이번엔 음악회가 아니라 진짜 궁전과 정원에서 역사와 만나고 싶었기 때문입니다.

거칠게 없습니다. 어젯밤에 어리버리 찾아가며 왼편에서 오는
지하철을 타고 잘 다녀왔으니까요. 여유있게 자리에 앉아 책도
읽었습니다. 근데 이상하다 어제보다 왜 멀게 느껴지는 걸까.
앗뿔사, 종점입니다. 문은 잠겨있고 밖은 철길에 대체 어느 시대
기차인지 모를 노구들이 멈춰서 있습니다.

가만 있자, 당황하지 말고. 설마 언젠가는 움직이겠지. 20분만
기다려야지. 안 되면 뭐 전화로 비엔나에 있는 지인에게
구조요청을 해야지. 이러고 있는데 다시 지하철이 움직입니다.
다시 출발역, 이 방향이 분명히 맞으니 그냥 타고 있으면 이번엔
제대로 가겠지. 그러다 순간 아닐지도 모른다는 생각에 문이 막
닫히는 순간 뛰어내렸습니다.

그리고는 자, 리셋. 어제 기억은 다 지우고 처음부터 다시.
그리고는 찬찬히 보기 시작했습니다. 어제의 기억은 정확했습니다.
그런데 지하철이 거꾸로 움직인 것도 사실이었습니다. 무언가에
홀린 걸까 순간 무서워지기도 했습니다. 다시 쿵쿵 뛰는 가슴을
보듬으며 살펴보기 시작했습니다. 고등학교 때 선택한 제2외국어,
그 알량한 독어실력으로 무언가 작은 글씨로 붙어있는 종이를
읽기 시작했습니다. 아 맞다, 번역기. 내용인 즉 오늘부터 잠시
공사를 한다는 것이었습니다. 그래서 한 방향으로만 지하철이
운행된다는 것입니다. 하필 제가 가려던 쪽의 반대방향으로만
움직이는 것이었지요.

경험은 자신감을 선물합니다. 그런데 그 자신감이 지나쳐 전후좌우 가늠 없이 경험대로만 밀고나가다가는 이렇게 생각지 못한 한 방에 넉다운 될 수도 있습니다.

아이러니하게 이런 경험 덕분에 경험의 오류를 깨닫게 되었습니다. 앞으로는 한 번 해봤다고 잘 난 척하지 않기로 다짐합니다. ✎

회화나무! 찾았다! 만났다!

그것도 그냥 회화나무가 아니고 24금인 황금 회화나무를!

용달로 싣고 와 우리 마당 가장 양지 바른 로얄석에 모셨다.

그리고는 작은 이름표를 만들어 중심 가지에 매달았다.

'금혼식 기념'

金婚式

난생 처음 오늘의 金시세를 알아보니 24금 한 돈에 18만 5천원, 18금은 15만 3천원, 14금은 11만 9천원이란다.

팔고 싶은 건 내 '金婚式'의 金자다.

부모도 고향도 환경도 생판 다른 한 남자를, 세상사 모르고 기고만장 철없던 20대에 말리는 부모 속 뒤집어 놓고 따라나선 결혼. 그 후 50년 지나니 '金婚'이란다

지난 주 월요일은 내 결혼 기념일.

50주년 결혼기념일이지만 두 사람 다 선약이 있고 해서 여행따위의 계획은 애초에 없다. 여느 날처럼 무심히 이런저런 일로 밖에 있다가 집에 돌아오는 길.

적어도 내 새끼 둘은 나의 오늘을 기억하고 축하해 주어야 하자 않는가 싶으면서 슬그머니 괘씸스러워진다.

"남들은 잔치도 한다는데..."

"느그들. 오늘이 무슨 날인지 아는감? 누구 우리랑 밥 먹을 사람 없나?"

집에 있는 남편이랑 저녁에 막국수라도 먹으러갈 참이라 두 아이에게 문자를 날린다. 응답은 곧 왔다.

결혼기념일은 두분이 잘 알아서 하라는 딸래미.

기념일인건 알지만 우리가 챙겨드려야 되는지는 몰랐다고...

일요일에나 뵙자고.

살짝 괘씸하고 서운한 맘으로 집에 들어와 보니 남편은 운동 와서 이미 완전 푹 쉬고 있는 모드다.

일요일에 온 식구 회식한다는 약속은 처음 듣는다

시골 내려갔다 오느라 집에 없기도 했지만 사실 과묵하다 못해 전해야 할 말도 때때로 씹어 버리는 남편 때문에 미처 몰랐다.

"금혼식 날은 월요일인데 다 지나 일요일에 회식이라니... 이것들이..."

이것 조차 알고 보니 사실은 김치국이었다. 일요일 회식은 우리 금혼식 축하가 아니라 내주의 우리 남편 생일 몫이었으니까.

젊은날 달라도 어쩌면 그리 다를까 싶을만큼 쌩판 남인 사람을 만나 결혼이라는 이름아래 50여년의 세월을 살아냈다.

그 어려운 일을 내가 해 냈건만 아무도 칭찬해 주는 이 없다.

내 금혼식의 금은 순금인 24금이 아니고 18금? 아니면 14금 정도? 오늘 시세로 내 금혼식은 14金.

그렇다면 오늘 시세로 내 금혼식 시세는 일금 11만 9천원

정도인가.

요지음처럼 봄 되고 비라도 내리면 나의 비밀정원인 시골 집 마당을 틈틈이 오르내린다.

이른 새벽에 집을 빠져나와 고속도로를 달리는 맛은 아는 사람만 안다. 그렇게 한 시간여 후, 천안의 한 기사식당에서 맛갈스런 아침상을 나도 앉아서 받아먹고 다시 두어시간을 달리면 내 비밀 정원이 있다.

새록새록 날마다 새로 돋아 나는 떡잎을 찾아 눈맞춤하면 정말 이보다 더 행복한 시간이 있을까.

날짜가 맞으면 5일장 구경도 나선다. 시골집에서 15분여 군산으로 넘어가면 온갖 꽃나무가 난장을 벌린다.

금혼식을 개떡같이 보내고 내려간 주말에 군산 대야시장으로 꽃이랑 나무를 한 바퀴 돌아 보다가 생각지도 않은 나무를 만나 눈이 번쩍이다.

"와~~ 황금 회화나무!"

흔하지 않은 나무다. 예전부터 생각은 했었는데 마침 오늘 만나다니... 흔하지 않은 나무다.

꽃 귀한 여름에 노랑색 나비같은 꽃을 피우는 나무로 영어로는 scholar Tree 라고 하고 우리나라에서도 학자수(學者樹)고 부르기도 한다.

아주 옛날에는 삼정승이나 되어야 심을 수 있다는 얘기도 있다.

어떻게 오늘 지금 이순간 만났을까.

회화나무! 찾았다! 만났다!

그것도 그냥 회화나무가 아니고 24금인 '황금 회화나무를!

용달로 싣고 와 우리 마당 가장 양지 바른 로얄석에 모셨다.

그리고는 작은 이름표를 만들어 중심 가지에 매달았다.

'금혼식 기념' 이름하여 기념식수다.

50년의 내 인고의 세월, 금혼식에 내가 나에게 주는 요새 유행하는 셀프 상(賞)이다.

헐값에 서글프던 내 金婚式의 金은 기사회생하여, 50년 전 내가 유배 가듯 시집 간 그 집 마당에 건재하다.

결혼은 두 사람의 공동체. 따지고 보면 인내는 나만의 것이 아니었고 어쩌면 내 남편 몫이 나보다 더 컸는지도 모른다.

그래서인가. 그는 후에도 황금 회화나무에 전혀 관심 없다. ✒

(2018년 봄날에)

Someone like you/배기열(글c클럽 1기)

중앙일보 글c클럽 1기
이녕희 진학학원 이사장

수목장지에 대한 斷想

요즘 고향에는 노인들만 남게 되면서 산길에 숲이 우거져
산소에 벌초를 하려면 길을 찾기조차 힘들어졌다. 가끔
멧돼지라도 출몰하면 놀라 식겁을 하게 되고, 묘소가 먼 곳에
흩어져 있어 관리에 어려움이 많았다. 후손들이 대부분 도시에
살고 있어 묘소관리에 대한 걱정을 하고 있던 차에 형님이
유명한 지관을 모셔와 묘소를 두루 둘러보게 하였다. 고조부(모)
산소가 가장 명당이라고 했다. 나도 그 지관을 만나 보니 믿음이
갔다. 그래서 친척들에게 두루 연락해 조상들의 산소를 이곳으로
모두 이장하기로 의견 일치를 보았다.

그런데 문제는 후손들이 고향에 살지 않다보니 우리도 모르게
농어촌공사에서 용수로 공사를 하면서 제방을 쌓기 위해 묘지
뒤쪽 밭의 흙을 몽땅 파내간 것이었다. 그로인해 비가 오면 밭에
배수가 원활하지 못해 산소로 빗물이 흘러내리고 있었다.

밭주인이 흙을 퍼내 팔았을 뿐만 아니라 이 자리에 태양광 시설을
설치하려는 계획도 갖고 있었다. 참 난감한 노릇이다.

묘지에 인접한 그 토지를 매입하고자 언변이 뛰어난 8촌 형님께
부탁해 부산에 살고 있는 땅주인을 찾아가 매매를 위한 교섭을
하게 하였다. 형님이 3번이나 찾아갔으나 아무런 성과가 없었다.
나중에는 땅주인의 고모인 분도 나서서 도리로써 설득해보았으나
이마저도 효과가 없었다.

그 땅을 매입하지 못해 고심을 하던 중, 경주 남산으로 여행을
갔다가 칠불암이란 자그마한 암자에서 불현듯 佛心이 생겨 아내와
함께 간절한 마음으로 108배 치성(致誠)을 드렸다. 그랬더니
놀랍게도 기적처럼 땅 문제가 해결되었다. 신기한 일이 아닐 수
없다. 땅주인이 그 밭을 팔겠다고 연락을 해온 것이다. 700평을
매입해 형님과 조카 이름으로 등기까지 마쳤다.

나는 이곳에 수목장지를 조성하고자 규정을 알아보니
가족묘지는 최대 9평, 문중묘지는 300평, 수목장지는 600평까지
법적으로 허용된다고 한다. 수목장지는 자연을 친환경적으로
보존하고 벌초의 부담도 없어 최선의 선택이라 판단했다.

고향의 군청 노인복지과를 찾아가 수목장지 기준에 대해
문의하니 동네에서 직선으로 500m 떨어져야 하고 진입도로
완비가 필수라며, 컴퓨터로 주소를 검색해보더니 동네에 인접하여
불가능하다고 했다. 낙심했지만 규정집 가운데 중요한 40여 쪽을
복사해 서울로 가져와 가능한 방법이 무엇인지 검토해보았다.

자료를 살펴보다 '동네란 30가구 이상'이라는 대목이 나왔다.
다음날 울진군청으로 가서 담당자에게 이 대목을 보여주었다.
10여 가구인 마을이니 가능하지 않겠냐고 하면서 수목장지는
자연을 훼손하지 않는 바람직한 장례방식임을 호소했다. 분묘는
농지와 임야가 그만큼 잠식되고 이웃에게 거부감도 줄 수 있지만
수목장지는 그 자체로 공원이니 장려해야 마땅하다고 역설했다.
그럼에도 자연장지 조성은 8가지 규제에 저촉되지 않아야 할
만큼 까다롭다. 군청을 세 번, 농어촌공사를 두 번 방문한 끝에
마침내 신고를 마칠 수 있었다.

　수목장지를 조성하면서 완벽을 기하기 위하여 토목공사를 2년
동안 네 차례나 했다. 그런데 묘지 뒤쪽에 훼손된 지형을 복구할
때마다 일기예보에도 없던 비가 매번 엄청나게 내렸다. 그 덕에
배수에 문제점과 중요함을 깨달을 수 있었다. 평평한 곳은
배수가 원활하지 않으므로 땅을 깊이 파고 자갈로 채운 배수로를
만들고 그 위에 흙을 덮고 잔디를 심었다. 이때, 까치 한마리가
날아와서 파낸 흙더미에 앉아 공사가 끝날 때까지 지켜보는
것이었다. 인부들은 기이하다고 한마디씩 했다. 나는 이 까치가
어쩌면 어머님의 혼령일지도 모른다고 생각이 들었다.

　수목장지 왼쪽에는 금강송 77그루와 꽃나무 20그루를 심었고,
오른쪽에는 찾아오는 후손들이 따먹을 수 있게 과일나무
23그루를 엄선하여 심었고 거름도 듬뿍 주었다. 이곳 선영에
모두 11분의 조상님을 모셨다. 묘비에는 가능한 한 한글로

고인께서 생전에 어떤 삶을 사셨는지 기록하였다.

산소에 토목과 조경공사를 하면서 82세 고령에도 불구하고 무슨 일이든 솔선수범하시는 문중회장이신 태희형님의 人品에 감명을 받았다. 그리고 문중 ?孫(주손)인 아재께서는 바쁜 가운데서도 서울에 가서 태극기 집회에 참가했고 후원금도 매달 보내시고 계셨다. 우리 집안에 이런 어른들이 계신다는 것에 큰 자부심을 느꼈다.

토지 구입과 산소 공사비와 문중의 위토(位土) 마련을 위한 지출을 이해해 주었고 공사를 할 때마다 인부들의 식사와 간식을 챙겨주기 위해 수고해준 아내의 내조도 잊지 못할 것이다.

이렇게 모두 합심하여 도와준 덕분에 선영 공사가 만족스럽게 잘 되었다. 이제 내 마음도 아주 흡족하고 홀가분하다.

조상 추모에 대한 방법을 형님과 의논했다. 올해부터 기일제사(忌祭)는 후손들이 각자 집에서 추모하고, 추석날에 선영에 모여서 함께 제사를 지내기로 하였다.

이때 나는 고향 오는 친척들에게 숙소와 식사는 물론, 효도장학금과 선물도 드리겠다고 약속했다.

명당에 묘를 써야 후손에게 발복하는 것이라기보다 살아계신 부모를 잘 섬기는 것이 자식들에게 효의 본보기가 되어 복을 짓는 것이 될 것이다.

죽으면 시신은 자연으로 돌아가야 한다. 이때 친환경적인 것이 가장 좋은 장례방법일 것이다. 수목장을 하면 분묘로 인해 농지와 임야가 잠식되지 않고 묘지가 공원처럼 되어 이웃에게 거부감을 줄여주고 후손에게 벌초하는 부담도 줄여줄 수 있으므로 수목장이 바람직하다 할 것이다. ✒

그 학생에게 이 꽃을 주고 싶다…….

꽃바구니/박정선(글c클럽 9기)

슬픔은 한낮에도

  슬픔은 어느 곳에나 있다. 잘 보이지 않을 뿐이다. 눈여겨
찾아봐도 쉽게 찾지 못할 때가 있다. 슬픔을 부끄럽다고 여기는
습성 탓일 게다. 하지만 둘은 전혀 다른 개념이다. 잠깐만 생각해
보면 알 수 있다. 슬픔과 수치를 비슷한 선상에 놓는 우리네
심리는 어디서 발원하는 것일까.

  감정을 드러내는 일에 익숙하지 못하기 때문이 아닐까. 감정을
공개하거나 공유할 용기가 부족해서다. 감정을 쉬 드러내는
사람은 성숙하지 못하다고도 배웠다. 사실 그런 교육이
있었는지 없었는지 분명한 기억은 없다. 학교 수업은 없었다 해도
사회의 공기는 역시 가볍지 않았다. 느끼는 대로 말하고
행동하는 것을 가볍다, 상스럽다고 깎아내렸다.

  다른 말로 어른스럽지 못하다고 했다. 아직 철들지 않았다고
타박하기도 했다. 나이는 어른인데 어른스럽지 않다는 건 꽤나

큰 욕이었을 텐데 말이다. 그래서 아직도 어른들은 마음 놓고
울지도 못하는가 보다.

다행히 그는 어렸다. 열 대여섯으로 보였다.

커다란 돔경기장 맨 위 구석자리라 쉽게 눈에 띄지도 않았다.
학생은 그런 곳을 찾았을 것이다. 좀 더 편히 울기 위하여.

나는 물론 그날 일부러 슬픔을 찾아다니지 않았다. 세계태권도
한마당 대회 마지막 날, 근처에 묵고 있었는데 그냥 한번
둘러보던 참이었다. 무릎에 얼굴을 묻고 있는 학생을 발견하고는
걸음을 멈추었다. 그가 애써 확보한 공간을 침범해서는 안 된다는
생각이었다.

무엇이 그의 마음을 아프게 했을까. 천장까지는 아직도 꽤
여유가 있었지만 그의 흐느낌은 넉넉하지 못했다. 그런 공간은
슬픔의 의미를 더욱 확장하곤 한다. 다가가 말이라도 붙여볼까
했지만 그러지 못했다. 그러지 않는 게 그를 위한 것이라고
생각했다. 남학생이었으면 또 모르겠지만.

먼 발치서 지켜보다 나는 거리를 더 벌렸다. 슬픔의 뿌리를
계속 가늠하면서. 피눈물 나는 훈련을 했건만 패배했기
때문이라는 흔한 답이 생각났다. 그것이 우승을 하지 못한
것인지, 아예 등위권에 들지 못해서인지는 역시 알 수 없지만.
적어도 승리한 뒤 감격의 눈물은 아닌 것 같았다. 그런 눈물은
조도가 약한 곳에서 홀로 흘리지 않을 터이기에. 아깝게 져서,
이길 수 있었는데 찰나의 실수를 하는 바람에 그만…… 아마 그럴

가능성이 가장 크지 않을까. 대회 중에 병석의 부모님이라도 돌아가셨을까. 좋은 성적을 거뒀지만 자랑할 부모님이 더 이상 안 계시다면. 여자가 무슨 태권도냐며 타박하는 남자친구와 헤어진 뒤끝일까.

아디다스 태권도 신발을 살 돈이 없어서, 해묵은 가난을 비난하면서였을까. 별의별 생각이 다 들었다.

나이는 어렸지만 눈물의 무게는 결코 가벼워 보이지 않았다.

그 슬픔의 언저리를 어루만지면서 경기장을 나왔다.

바깥은 아직 한낮이었다. 먹구름이 하늘가를 서성대긴 했지만.

슬픔은 한낮에도 있다. 일부러 찾아나서진 않는다 해도 보이는 슬픔엔 이젠 좀 더 마음을 내주어야겠다. 🖋

글C클럽 10기
이명국 도펠마이어 코리아 대표

캐나다 로키 Jasper 국립공원

Ⅱ장 삶이 지혜로 채워지길

캐나다 로키 Banff 국립공원

Ⅲ. 일상이 주는 힘

오명철 ⋯ 520년 2박 3일

심기석 ⋯ 홀인원과 뇌시술

이상욱 ⋯ 한겨울 '혼낚'

최용근 ⋯ 우린 영어소설 읽는 멋쟁이들

심상복 ⋯ 엄마라는 자리

일상을 뜻하는 영어 단어가 몇 개 있는데 그중 루틴(routine)도 있죠.
여기엔 상반된 의미가 존재합니다.
한결같다는 뜻과 틀에 박힌 식상함이 그것이지요.
긍정과 부정이 한 단어에 있는 겁니다.
같은 시간에 같은 행동을 하면 규칙적이라고 합니다.
같은 일을 아무 생각 없이 하면 타성적이라는 소리를 듣습니다.
'일상이 주는 힘'이라면 당연히 긍정입니다.

soon we_ll be found/배기열(글c클럽 1기)

520년 2박 3일

바람 따라 구름 따라 흘러간 곳, 작은 섬들이 고래등처럼
보였다 사라지길 반복한다. 충무공 이순신 장군이 호령했던 통영
앞바다 울돌목이다. 배에 올라 친구들과 떠들어대며 바로
초고추장에 싱싱한 회 한 점을 목에 넘긴다. 쐬주잔을 부딪히며
캬아~!!하고 뱉는 탄성은 이내 뱃고동 소리에 묻히고 만다.

거제도 펜스에서 해변을 끼고 봄내음 물씬 나는 오솔길을
기우뚱거리며 걷다보면 수선화 마을에 다다른다. 멀리서 노란색,
파란색들이 알록달록 손짓한다. 노부부 단 둘이 꽤나 넓은
수선화 농원을 가꾸며 길손들을 맞이한다. 너무 여유있는
모습이어서 부러울 지경이다. 머리 희끗한 안주인이 건네준
손바닥만한 꽃 두 송이를 받아들고 가던 길을 계속 간다.

해변에 우뚝 솟은 바위에 외롭게 서있는 소나무 한 그루,
사람이 그리워 손짓하다 허리마저 굽었다. 살랑살랑 불어오는
봄바람은 이마에 송송 맺힌 땀방울을 닦아준다. 진경산수에
취해 머뭇거리는 사이 앞서가는 친구들이 얼른 오라고 한다.

약간 고단해질 무렵 우리 일행은 다시 차에 몸을 실었다.
창밖으로 보이는 풍경은 그림이다. 동백나무와 파란 바다, 소나무
가득한 착한 산등성이... 열어놓은 차창으로 꽃향기와 염분을
적당한 비율로 배합한 봄바람이 들어온다. 친구들 인생살이
무용담과 호탕한 웃음소리에 세월의 무상함이 배어나온다.

다음 행선지는 욕지도, 한참을 가다 보니 고층아파트가 눈에
들어온다. 배를 타고 욕지도 가는 길에 1시간쯤 여유시간이
생겼다. 마침 점심시간이라 통영 수산시장 골목길을 찾아들었다.
맛집으로 소문난 시대국집으로 들어간다. 이 지방 토박이 주인이
우리를 맞이한다. 도다리회가 싱거워 친구가 가져온 40도짜리
몽골 보드카를 얹으니 간이 딱 맞는다. 조국(그 조국이 아님)
수호자 예비역육군대령이 타임머신을 타고 아득한 군대시절로
우리를 끌고 간다. 이번까지 들으면 한 스무번은 되는 것 같다.
그래도 호국정신으로 곧고 바르게 살아온 친구가 자랑스럽다.

식사를 마친 뒤 배에 올랐다. 왜 이름이 욕지도일까.
욕쟁이들이 모여 사는 곳이라 그랬을까. 궁금해 하는 새, 육중한
배가 움직이기 시작한다. 갈매기 떼는 항구부터 계속 우리를
따라온다. 저 멀리 산들도 우리를 찾아온다. 욕지도에 도착한

우리는 어제처럼 또 꼬부랑 오솔길을 걷기 시작한다. 불어대는
바람에 푸르른 동백잎이 바닷물처럼 일렁거린다. 아까 저 멀리서
가물가물하게 보였던 흔들다리를 건넌다. 수십미터 아래로
출렁대는 바닷물이 절로 다리를 후들거리게 만든다. 비틀거리며
간신히 건너자마자 야호~~ 소리가 절로 나온다.

병풍에 그려진 그림처럼 스스로 강약을 조절하며 즐비한
바위는 피아노 협주곡 악보처럼 펼쳐져 있다. 바삐 움직이는
연주자의 손가락처럼 천사들의 음률이 하늘에서 쏟아져 내리는
듯하다. 때로는 천둥 같고, 때로는 잔잔한 호수 위 백조 같다.
한동안 천사들의 연주소리에 넋을 잃고 있다가 고개를 돌리니
해녀들 물길질이 한창이다. 서산에 해 질 무렵, 언덕에 자리한
근사한 펜션에 짐을 풀었다. 인근엔 여러 펜션들이 장난감처럼
예쁘게 놓여져 있다. 밤이 되니 바다 저편에서 불빛이
반짝거린다. 우리는 피곤한 여정을 하나둘 풀기 시작했다. 조금
전 맛보았던 고등어회 맛이 아직도 입안에서 맴돈다.

이보다 더 행복한 시간이 있으랴. 잠시 뒤 소싯적 돌주먹들의
팔씨름이 시작됐다. 반나의 몸으로 엎드려 낑낑대며 겨루는
모습이 가관이다. 위에서 보니 머리는 어느덧 황무지가 돼
버렸다. 그래도 마음은 청춘이다. 마음이 청춘이면 몸도
청춘이다. 하나, 둘 잠자리에 누운 친구들을 보면서 반세기
넘도록 함께 지내온 세월이 고맙다. 커다란 방 두 개에 늘어진
친구들이 잠잠해지는가 싶더니 이내 드르렁 드르렁 하는 소리가

방안을 가득 채운다. 내일은 아침 6시 기상, 8시 식사 후 욕지도
선착장에 모인다는 공지를 상기하며 나도 잠자리에 든다.
이상하게 잠이 안 와 뒤척거리다 편지를 쓴다. 잔잔한 파도
소리는 문지방을 넘어 벼개 밑까지 파고든다.

　남쪽 바다라 남해... 파도 위를 수놓은 구름을 향해, 사랑하는
가족이 있는 곳으로 편지를 띄운다. 모두 다 잠든 이 밤, 당신을
생각하며 가슴 속 간직한 사연을 끄집어 낸다. 이런 때 잠시나마
가족을 그리워할 수 있으니 이 얼마나 좋은가.

　다시 아침이다. 부산스럽게 움직여대는 소리에 선잠을 깼다.
식사는 누룽지와 범벅이 된 라면인데 천하일미다. 쉐프를 자청한
친구가 일찍 일어나 만든 솜씨와 수고에 감사드린다. 오늘도 어제
탔던 그 커다란 여객선에 올랐다. 넓고 큰 객실 안은 곳곳에서
몰려든 아낙들의 억센 사투리로 귀가 따갑다. 파도를 헤치며
건너편 섬으로 향하는 뱃고동 소리는 뚝심이 있으면서도
애잔하게 들린다. 바람에 나부끼는 깃발은 이국땅에서 만나는
태극기처럼 향수를 느끼게 한다.

　뱃머리가 닿은 곳은 한산도 충무공 유적지 제승당이다. 충무공
영정 앞에 경건한 마음으로 머리를 숙인다. 존경하는 마음에
조상을 기리듯 향도 피워 올렸다. 「감사합니다. 존경합니다. 오래
기억하겠습니다.」 방명록에 이렇게 남기고 수루에 올랐다. 잠시

충무공의 눈으로 바다를 주시한다. 성웅의 비장한 외로움이
느껴진다.

　　　　한산섬 달밝은 밤에 수루(戍樓)에 홀로 앉아
　　　　큰 칼 옆에 차고 깊은 시름 하는 차에
　　　　어디서 일성호가(一聲胡笳)는 나의 애를 끊나니

제승당을 뒤로 하고 다시 우리는 차에 올랐다.
봄은 역시 남쪽에서부터 온다는 사실을 피부로 확인한다.

    한 친구가 운전대를 계속 잡으니 다른 친구들이 고맙고 미안해한다. 제법 즐비한 빌딩을 만나니 함양이란다.

    한참을 달렸더니 민물장어로 유명한 섬진강 강변이다. 노랫말로 수없이 들었던 섬진강은 계속되는 가뭄으로 하얗게 뱃살을 드러내고 있었다. 장어는 구경도 못한 채 군침만 흘리고 있는데 광양 매화마을에 당도했다. 마침 매화축제장의 흥겨운 노랫가락이 우리를 유혹한다.

    거기엔 얼굴만한 복굴과 매화꽃술이 우리를 기다리고 있었다. 새콤달콤한 그 맛에 취한 나는 거기 그냥 주저앉아 버리고 싶었다. 조영남의 '화개장터'는 구경할 겨를도 없이 스치고 지나간다.

    친구 여덟 명의 나이를 합치니 520년이다. 50년 넘은 우정여행은 통영, 거제도, 신안, 영산강 줄기를 거쳐 서울까지 조선 500년 실록처럼 움직이는 길 위에 오롯이 새겨놓았다.

    어릴 적 수학여행처럼 설레였던 2박 3일은 그렇게 마무리되었다. 시 귀절 하나가 떠오른다.

봄을 무작정 기다리지 마라
봄이 오지 않는다고 칭얼거리지도 마라
바람 부는 날이 봄날이다
웃는 날이 봄날이다

달리고 먹고 마시고 떠들고 걷고 자고…. 2박 3일은 동사 여섯 개로 충분했다. 그리고 다짐했다. 90% 이상 일어나지도 않는 일로 괜히 걱정하며 살지 말자고. 다음에 만나면 수년간 남몰래 갈고 닦았다는 친구의 색소폰 연주를 들어보기로 했다.

벌써 그때가 기다려진다. ✒

무제/배기열(글c클럽 1기)

홀인원과 뇌시술

2014년도 여느 해와 다르지 않게 분주하게 문을 열었다. 어느새 한 달이 훌쩍 지나고 2월 중순에 대만 출장을 다녀오다 해외 출장을 다녀오면 나름대로 힘들지만 항상 혼자서 되내인다.

심기석 고생했네...

늘 이렇게 자신을 위로하며 출장 여독을 정리한다.

짐 가방을 정리하고 자질구레한 것들을 원위치에 놓고 화장을 지우며 뜨거운 물로 샤워한 뒤 내일 출근준비를 한다. 여독을 푸는데 는 달콤한 잠만 한 게 없다.

피곤한 몸을 달래며 침대에 누웠는데 무슨 이상한 소리가 들린다.

그 소리는 먼 곳이 아닌 내 왼쪽 귀에서 나는 '사각사각' 소리였다.

왜 그럴까 원인을 알 수 없는 사각사각 소리를 애써 참으며
잠을 청했다.

며칠 비운 회사는 할 일이 더 많이 쌓여 있어 정신없이 일하고
귀가해 밤이 되어 자려하면 또 사각사각 소리에 한마디로
미치겠다…….

앞집이, 이비인후과 원장님인데 마침 일층 현관에서 만나
증세를 얘기하니 누적된 피로 탓인 것 같다며 며칠 지나면
나아질 거라 했다.

위로의 말에 안도하며 며칠을 보냈지만 증세는 달라지지
않았다.

일에 빠져서 정신없이 돌아다니느라 낮에는 의식 하지
못하다가, 밤만 되면 사각 소리에 시달리는 생활이 계속되었다.
한 달쯤 지나서 회사근처 이비인후과에 갔다 젊은 의사는
귀지가 있는데 별거 아니라 했다. 일주일이 지났는데도 사각사각
소리는 계속 되어 다시 그 이비인후과에 가다. 별 차도가
없는데요! 의사는 약을 지어주며 곧 좋아질 거라 했다. 애매한~
느낌이 들었다. 약을 먹으니 졸리기만 하고 (아마 신경안정제와
소염제 정도 처방한 듯) 일주일분을 받았지만 사흘치 약만 먹고
내 동댕이쳤다.

회사는 그런 나를 전혀 봐주지 않았다. 사실 문제는 회사가
아니라 나였다. 나는 주중은 물론 주말까지도 풀가동하며
무식하게 투지를 불태우며 살았다.

꽃피는 아름다운 5월쯤 되니 이제는 낮에도 소리가 들리기 시작한다. 아무래도 무슨 이상이 생긴 것 같다는 막연한 불안감과 함께 신경이 쓰이기 시작했다.

마침 6월에 삼성의료원에서 정기 건강 검진이 예약돼 있었다. "그래 이번 기회에 이 사각소리를 해결해야겠다며" 머리 MRI를 추가로 신청하니 한 달 후에나 검사를 끝내게 되었다.

7월 중순, 집 스위치 같이 사용하는 영인씨 와 손잡고 결과를 들으러 갔다. 2년 전 보다 체력이 좋아졌다는 의사 말에 기분이 좋아져 특별히 운동 한건 없고 "새벽에 20분정도 속보로 걸은 것 밖에 없는데요! 좋은 습관입니다 이왕 하시는 거 조금 더 30분정도 하세요! 겨울철에는 근력운동을 더 하시면 좋습니다." 라고 칭찬 받기까지 했다.

"여기는 됐으니 신경외과로 가보세요."

체력이 좋아졌다는 말에 흥분돼 순간 머리 MRI 찍은걸 잊고 있었다. 신경외과 의사는 머리에 이상이 있으니 잘 왔다고!!!

병명은 뇌동맥류 / 동정맥 기형 이라는 판명을 받았다.

이때부터 작은 사건들이 시작되었다. 7월 말에 머리 뇌 시술이 가능한지 확인 하기위한 검사를 2박3일 받았다.

나는 이해할 수 없다는 생각이 들었다. 왜? 내게 이런 일이 일어난 걸 까 무엇이 문제인 건가. 불편한 상념과 함께 며칠 일이 손에 잡히지 않았다. 어쨌든 시술 할 수 있나 확인 검사를 하기로 하며 씁쓰레한 생각을 떨칠 수 가 없었다. 검사를 하는 데 내가

느낀 점은 번개가 번쩍하며 광선에 무언가 흐르는 듯 한 느낌을
내 머리서 느꼈다 환상 속에서 찌리릭 하는 느낌이랄까~ 묘한
느낌을 체험하고 한 일주일을 헤매니 다시 원상태로 돌아왔다.

결과는 시술하셔야 합니다!

시술은 추석기간을 이용하려고 여러 군데를 동원(?)했는데
나보다 더 위중한분 들이 많아서 밀렸다. 7~8월도 씩씩하게
일하며 의사 선생님의 권고 데로 술은 자제했다.

8월 첫 주 토요일(8월9일) 골프를 갔다. 그날은 작은딸 재은이
생일이기도 했다. 한마디로 인생 첫 홀인원을 하다.

홀인원 이라는 게 하고 싶다고 할 수 있는 것은 아니지만

누구나 얼떨결에 하는 것이 홀인원 인가 보다 세 사람이 모두
실력파이지만 같이 라운딩은 처음인데!

Anyway, 홀인원을 하니 기분이 너무 좋아 붕붕 뜨는
느낌으로 실감 나지 않는 뭐 그런거~~ 어떨 덜 한 기분으로
인증 샷도 찍고 인증서도 받고 남들이 하는 요식? 행위도 잘
치루고 마치고 시간이 흘러 추석 명절도 맏며느리답게 잘 치루고
연휴에 공도치고, 관악산 4시간 산행도 하고, 영화도 보고, 연휴
지나자마자 9월 11일 입원하기 위해 몇 가지 짐을 챙겨 집을
나섰다 집에 스위치 같이 사용 하는 분이 자기도 가겠다고
하는데 오늘 입원하면 할 일도 없는데 혼자 가서 수속하고 내일
시술 할 때나 오셔요 했더니 너는 "뇌 시술 하는 게 동네 마실
가는 거니" 하며 몹시 서운해 했다. 내가 너무 심 했나……. 사실

그건 아니고 수술 전날은 아무것도 할 일이 없으니 그냥 편히 일보라 한 건데……. 살짝 삐진 남편을 달래며 같이 입원수속을 하러 가다. 그러나 역시 전신마취 시술은 만만히 볼게 아니었다.

몹시 힘들었다. 아프고 힘들고…….

3박 4일간의 시술을 잘 마치고 일요일에 퇴원했다.

잘난 척! 좀 할까 보다!

일요일에 퇴원하고 집에 오니 오후 4시경이 되었다. 원래 그 주 일요일에 중앙일보 J포럼 테니스 제1회 추계대회가 있었다. 삼성동 한전테니스장에 많은 분들로 성황을 이루었고 제가 물품기증을 하기로 해……. 남편 편에 상품을 보내고 저녁 6시경 아픈 머리를 달래며 테니스장으로 갔다.

대회를 마치고 회식하는 자리에서 그 안의 사정을 털어놨다.

"뇌시술 하고 2시간 전에 퇴원했고 그 바람에 오늘 대회에 참석 못했다."

다시 귀가하는데 머리가 몹시 아팠다~ 의사가 당분간 아플 거라고했지만 아주 심했다. 시술한 머리가 안 아프면 이상하겠지…….

일주일을 아픈 머리와 씨름하며 매일 양재 천을 3~40십 분씩 걸었다. 아플수록 더 열심히 걸어 빨리 회복 된 듯하다.

일주일쯤 지나니 통증이 조금씩 줄어들었다, 당연한 것이지만 조금씩 회복이 되는 것이 신기하다 느껴진다.

아프면서, 또 걸으면서 느낀 것이 삶이 이런 거로구나…….

내 인생이 그리 만만하지가 않구나…….

멀쩡하다가 어느 날 큰 병을 얻고, 심한 통증을 느끼고, 다시 천천히 회복되고, 머리가 몹시 아픈데 식욕이 없는 것도 몹시 궁금했다.

뇌에서 인지능력이 안 되면 식욕이 안 생긴다나…….

그래서 체중이 빠지니 무척 힘들고 어지러웠는데 이제는 회복 되 오묘한 신체의 신비를 느꼈다. 시술후 2주후부터는 내가 언제 뇌시술을 받았나 하는 생각이 들 정도로 다시 무식한? 생활로 해외현장과 지방현장까지 섭렵해가며 일했다.

이참에 한 가지 느낀 것이 있다.

다들 홀인원을 하면 3년 재수가 좋다. 일이 술술 풀리고 대박이 난다 하는데 나는 홀인원을 해서 수술이 시술로 된 거라 생각 한다. 뇌 시술이 별거 아닌 것처럼 생각했는데 그건 아니었다. 정말 대단한 것이었다. 홀인원의 정의를 내 나름대로 정리했다.

내가 지금 있는 곳에서 내 마음대로 일 할 수 있고 즐길 수 있는 것,

살아 있는 일보다 더 감사한일은 없다고,

이 모든 것들이 행복이라고…….

세상에 쓸모없는 것은 하나도 없구나, 이것이 시술하면서 얻은 또 다른 지혜였다. 내 삶의 자세를 가다듬게 해준 병조차 고마웠다. 사건의 실체를 풀어 가며 내가 좋아하는 일과 함께

소소한 행복과 속상함, 시간에 대한 아쉬움, 앞으로 다가올지
모르는 희망, 설렘, 애틋함, 그리움, 사랑, 등으로 오늘도
씩씩하게 나아갑니다.

그대,
심기석을 진정 사랑합니다.

중앙일보 글c클럽 1기
이상욱 삼원특수지 회장

한겨울 '혼낚'

　2019년 1월 25일, 갑작스런 결정이었지만 동해 중부지역
갯바위 포인트를 찾기 위해 길을 나섰다. 1차 목표지는 삼척에
있는 조그마한 후진항이었다. 내비는 2시간 30분 걸린다고
알려준다. 혼자 운전이라 좀 걱정은 되지만 볶은 땅콩 한 봉지를
들고 타니 그나마 위안이 되었다. 가는 길 교통은 비교적
괜찮았다. 인제 부근 졸음쉼터에서 한번 쉬고 강릉까지
내달렸다. 나이를 좀 먹었지만 대한민국 최고의 SUV라는
베라크루즈는 이름값을 톡톡히 해줬다.

동해고속도로 강릉 근방을 지나던 중 만난 눈발은 순식간에
폭설로 변한다. 앞이 잘 안 보여 가쁜 숨을 몰아쉬는 베라를
진정시키고 천천히 가기로 했다.

오후 7시 30분경 삼척에 도착, 우선 후진항을 가보기로 했다.
하지만 폭설이 더 심해져 앞을 가늠할 수 없는 지경이 되었다.
후진항은 고속도로에서 바로 연결되는 새천년도로에 인접해 있어
쉽게 찾았지만 폭설과 바람 때문에 차에서 내리기조차 힘들었다.

주변 갯바위 모양은 좋아 보였다. 내항에서는 원투낚시를 하면 좋겠다는 생각이 들었다. 높은 파도 소리와 함께 폭설로 뒤덮히기 시작한 새천년도로에는 차량이 거의 끊기면서 을씨년스럽고 약간의 공포감마저 들었다. 태어나서 처음으로 겪는 강원도 폭설이었다.

내 낚시 사부는 새로운 여행지를 갈 때마다 늘 숙소를 미리 정하라고 하셨다.금강산도 식후경이라 일단 식당을 찾아 저녁도 먹고 숙소를 찾기로 했다. 후진항 인근은 해안도로상이라 식당들이 제법 있었지만 혼자 먹을 만한 메뉴는 없었다. 궁리 끝에 회덮밥으로 해결하고 무인 모텔을 찾아 들어갔다. 맥주 한잔을 하면서 본 카타르전은 적잖은 아쉬움을 남겼다.

다음날 느즈막히 일어나 낚시가게를 찾아 보는데 대부분 문을 닫았다. 카카오맵을 이용해 주변의 낚시가게를 찾아보니 빨간 별표가 다섯 개나 붙은 '강원낚시'가 나온다. 아뿔싸, 그 집도 문을 닫은 상태였다. 하지만 여기서 물러설 수는 없는 일, 자고 있는 주인을 깨워 밑밥을 부탁하니 바람이 이렇게 부는데 어딜 가느냐고 한다. 오늘은 주의보 뜬 날이라 회원들에게 낚시 오지 말라 내놓고 술 한잔 했단다. 그래도 마수걸이 손님이 고맙다며 바람 부는 날, 갈만한 곳 두 곳을 추천해 줬다. 덕산항과 대진항, 내가 가려던 후진항은 아니라고 한다.

주인은 전문가였다. 동해안은 10월부터 5월까지가 핫시즌인데 영등철도 없다고 했다. 쿠로시오 해류의 영향으로 고성지역

인근까지 올라가 오른쪽으로 휘어 내려가는 현상 때문에
어종들이 동해안에 계속 남아 있단다. 쿠로시오 난류는 수온도
약간 높고 프랑크톤도 많아 고기들도 많다고 했다. 특히 이
집에서 동해안에는 좀처럼 없는 크릴미끼를 판다. 난 밑밥을
겨울철용으로 집어제 1: 크릴 2개: 압맥 3개를 준비했다.

우리나라 인근의 쿠로시오 난류는 1~2월에 강해졌다가
3월경에는 약해진다. 남해권에서는 안 나오는 뱅에돔들이 거제,
부산, 동해권에서 나오는 이유를 쿠로시오 난류의 변화에서 찾을
수 있을 거라고 생각하면서 추천해준 덕산항(삼척시 근덕면
덕산리)으로 향했다.

덕산항은 해안도로에 인접한 곳이 아니라 마을에서 1.4km, 면
소재지에서는 3km나 떨어진 한적한 구석에 위치한다. 근덕에
도착하여 우선 아침 먹을 곳을 찾으러 면소재지 이곳 저곳을
기웃거리다 카맵에 있는 빨간별 다섯 개 영심이식당을 찾았다.
모를 때는 빨간 별이 좋은 길잡이가 된다.

내비를 보며 찾아간 영심이네는 엉뚱하게도 서울깍뚜기로 다른
간판을 달고 있었다. 근덕에 서울깍뚜기라...타임머신을 타고
서울로 온 듯한 느낌이었다. 설렁탕과 소머리국밥이 주메뉴이고
선지해장국도 있다. 고심 끝에 주문한 설렁탕은 수준급이었다.
전통요리 전문가도 근덕면에서 이 정도라면 하며 칭찬을 해
줄만한 맛이다. 매장에는 고기를 직접 삶고 끓이는 시설이
있었는데 LPG 가스값이 장난이 아니란다. 가스비만 월 350만원

정도 들어 간다면서 이걸 끓이는 주방장이 이곳에서는 꽤 유명한 분이라고 귀띔을 해주었다. 카맵에 잘못된 정보는 내가 수정해 주겠다고 하면서 사진 찍고 글 올리고 하는 걸 보더니 믹스커피 한 잔을 서비스로 준다. 연신 고맙다고 인사하는 나이 많은 여주인을 뒤로 하고 덕산항으로 들어갔다.

오전 11시 정도 되었는데 낚시꾼들이 제법 좀 들어와 자리잡고 있었다. 테트라가 있는 방파제 외항은 역시 바람 때문에 무리다. 내항에 자리 잡고 G2찌 채비를 내려 보았다. 바닥층이 어떤지 확인은 안 되지만 가끔씩 해초가 걸려 올라는 걸 보니 깊이는 5m쯤 되는 것 같다. 1시간 남짓 제로찌로 바꿔 좌우로 캐스팅해 보았지만 역시 방파제 안쪽엔 고기가 없다.

주변을 돌아보니 갯바위는 방파제 입구 왼쪽으로 들어가면 있을 거 같은데 그 주변은 경고판도 있고 좀 위험하단다. 덕산 내항은 역시 고기 활성도가 좋은 여름에는 괜찮을 듯하나 겨울철은 별 소득이 없을 듯했다. 다만 방파제 위 끝단에서 내항 쪽으로의 캐스팅은 해 볼만 할 텐데 초속 9~10m 의 바람에도 이미 꾼들이 자리 잡고 있어 어쩔 수 없었다.

오후 1시 조금 넘어 채비를 걷고 대진항 (동해시 망상해수욕장 인근)으로 이동했다. 가는 길에 스쿠버 동호인들이 즐겨 찾는다는 삼척시 교동 인근의 광진항을 들러 봤다. 내항이지만 낚시꾼들이 서 있는 곳은 바닥도 좋은 것 같아 캐스팅을 해보고 싶었다. 그러나 파도가 밀려 올라와 루어꾼이 이리저리 피하는 걸

보고 또 캐스팅을 포기해야 했다.

2시쯤 대진항에 도착해 늦은 점심을 먹었다. 내항에 있는 작은
미락식당. 육개장을 먹었는데 다시 가고 싶지 않은 집이었다.

입맛을 달래기 위해 차 트렁크에서 커피 한잔을 끓여 마시고
대진항 내만에 채비를 내려 봤지만 이곳은 깊이도 얼마 안 되고
모래 바닥이다. 발 앞쪽은 3m 정도이고 조금씩 낮아지는데 곳에
수초들이 보인다. 여기서는 광어를 노리는 원투 낚시가 좋을 것
같다. 방파제 외측의 파도가 워낙 높으니까 내항 입구쪽으로
파도가 밀리면서 내항의 바닥이 전부 들고 일어나 물 색깔이
뿌옇다. 여기서는 도저히 안 되겠다 싶어 내항 안쪽으로 자리를
옮겼다. 여기서 몇 번 캐스팅해서 잡어의 손맛을 봤다.

이제 시간은 오후 4시, 햇살이 약해지기 시작한다. 동해안은
서쪽으로 높은 산들이 있어 해지는 시간이 빠른 편이다. 대진에
계속 머물 것인가, 아니면 다른
곳으로 이동할까 고민하다 새로운
방파제를 찾아보기로 했다.

후진항 주변에는 갯바위들이 있어
좋기는 한데 여전히 바람과 파도가
높아 접근이 어렵다. 지도에서
배들이 이용하지 않는 방파제를
하나 찾았다. 동해시 천곡동 인근
한섬방파제. 내비를 이용해 찾아간

그곳은 접근성이 좋지 않았다. 일단 해안도로와 많이 떨어져
있고 방파제 쪽으로 들어가는 길이 워낙 좁고 꼬불꼬불해 차량
교행이 안 된다. 낚시꾼이 아니면 누가 이런 길을 가랴. 어렵사리
한섬방파제에 도착하니 철책문이 버티고 있다. 북한이 요즘도
이런 곳으로 간첩을 보내나? 이건 낚시꾼 출입을 막기 위해 남겨
놓은 듯 보였다. 경고문을 보니 17시부터 08시까지는
출입금지란다.

　고민하고 있는데 현지인으로 보이는 낚시꾼이 왔다. 나는 아직
밑밥이 남았는데 어디 낚시 할 곳이 있냐고 물었더니 해경본부
전용부두 방파제가 좋다고 한다. 자기도 가는데 같이 가겠느냐고
해서 5분 거리의 해경본부 방파제로 갔다.

　나를 안내하던 현지인은 방파제로는 안가고 해경본부 외곽
으슥한 막다른 곳으로 나를 끌고 간다. 의심이 드는 순간 앞쪽에
건장한 청년 여럿이 나타났다. 앗, 이건 뭔가 하며 자세히 보니
낚시꾼들이다. 근방에서 낚시를 하고 나오는 듯하다. 그렇다면
제대로 온 거 같긴 한데 길이 안 보인다.

　차에서 내리니 현지인이 트렁크를 열며 준비하라고 한다.
준비를 하면서 보니 막다른 곳에 조그만 철제 사다리가 있고 그
사다리를 이용해 옹벽으로 올라 해경본부 철책 담을 넘는
거란다. 괜찮겠느냐고 물으니 늘 그렇게 한단다. 5시가 좀
넘었지만 그래도 포인트를 찾는다는 욕심에 현지인을 따라
방파제 쪽으로 들어갔다. 이곳은 허용된 포인트는 아니었지만

작은 테트라포트가 연속된 비교적 안정적인 발판이 있는
곳이었다. 비교적 늦은 시간임에도 제법 많은 낚시꾼들이 있었다.

해경부두 방파제는 파도가 거의 없는 조용한 내만 형태의
포인트다. 나는 바다 모습을 보면서 제로찌로 승부를 하면
되겠다고 생각해 봉돌 없이 아시아 LC 제로찌에 2호 원줄에
1.5회 목줄 3m 로 채비했다. 캐스팅 전 밑밥을 많이 투척하고
캐스팅했는데 첫 캐스팅에 미끼가 없어졌다. 뭔가 느낌이 좋다.

두 번째 캐스팅에 밑밥 대여섯 번 그리고 입질, 황어다.
아깝지만 방생했다. 이후 서너번 더 캐스팅 했지만 놀래미 작은
게 한번 올라 왔을 뿐 더 이상 반응은 없엇다. 옆에 있던
현지인은 좀 더 있어야 한다면서 야광찌로 바꾸기 시작한다.
아뿔사, 난 야광찌를 안 갖고 들어왔다. 몸을 가볍게 하느라 찌
주머니도 놓고 왔던 것이다. 그냥 느낌으로 계속 할까 아니면
철수해야 할까.

서울까지 돌아가야 하기 때문에 이만 철수하기로 하고 잠깐
의심했던 현지인에게 고맙다는 인사를 하고 해경본부를
빠져나오는데 스피커에서 낚시꾼들에게 나가 달라는 안내방송을
한다. 그럼에도 그들의 야광찌는 멋진 포물선을 그리고 있었다.

어둑한 해경본부 담길을 나오는데 일단의 무리들이 또
방파제로 들어간다. 그들은 해군 경고방송을 대수롭지 않게
듣는 것 같았다. 해경본부 방파제도 새 포인트로 추가하면서
이번 탐사를 마무리했다. ✒

우린 영어소설 읽는 멋쟁이들

No man is an Iland, intire of it selfe; every man is a peece of the Continent,....if a Clod bee washed away by the sea, Europe is the less......(중략).... any mans death diminishes me, because I am involved in Mankinde; And therefore never send to know for whom the bell tolls; It tolls for thee. 〈John Donne〉

어떤 사람도 그 혼자서는 온전한 섬이 아니다. 모든 사람은 대륙의 한 조각이니.... 흙 한 덩이가 바닷물에 씻겨 내려가면 유럽 땅은 그만큼 줄어들기 마련이다. ....(중략)...

어떤 사람의 죽음도 그 만큼 나를 줄어들게 한다. 나는 인류에 속해 있기 때문이다. 그러니 누구를 위하여 종은 울리나 알려고 사람을 보내지 마라. 그것은 그대를 위하여 울리는 것이니.

"우리가 지금 읽고 있는 헤밍웨이의 소설 '누구를 위하여 종은 울리나'는 영국의 시인 겸 성직자인 존 던의 시 제목과 같습니다. 소설 제목을 이 시에서 따왔다는 것을 처음 알았습니다. 저는 '어느 누구의 죽음이라 할지라도 나를 감소시키니라.'라는

싯구에서 인간관계의 소중함이 느껴지고, '종은 바로 그대를
위하여 울리는 것이니라.'라는 마지막 표현에서 주체적 의식과
의지를 가지고 인생을 긍정적으로 살아야겠다는 생각을 하게
됩니다."

　필자의 시 낭송과 해석을 시작으로 회원들 '누구를 위하여 종은
울리나(FOR WHOM THE BELL TOLLS)'를 한 페이지씩 번갈아
읽는다. 우리 모임 이름은 ENCD, English Novel Class in
Daechidong이다. 서울 강남구 대치동 주민들의 영문소설
독서클럽이다. 일주일에 두 번씩(월, 수)정기적으로 모여 오전
10시부터 12시까지 영문소설을 읽는다. 회원은 12명. 연령은
40대에서부터 70대까지 다양하다. 남자들은 회사CEO나 공직자
출신들이며, 여자들은 대부분 외국생활 경험이 있는
전업주부들이다. 독서모임은 2015년도에 시작하여 4년이 되었다.
영어와 소설을 좋아하는 회원들은 함께 영문소설을 읽으면서 영어
공부도 하고, 인문학적 소양도 쌓고, 이웃과 어울려 사는 선진국형
지역공동체를 만들어보자는 공감대를 가지고 독서모임을
만들었다. 아파트와 학원가로 대표되는 대치동에 영문소설을
읽으며 끊임없이 공부하는 시니어(Senior)들의 책 읽는 모임이
생긴 것이다.

　동네의 한 까페 사장은 은퇴한 시니어들의 공부하는 모습에
감탄하여 이들을 지원하기 위해서 카페에 칸막이를 만들어 별도의
독서모임 공간을 마련해 주기도 하였다. 그 동안 시드니 셀던의

'화려한 혈통'(Blood Line), 할레드 호세이니의 '연을 쫓는
아이'(Kite Runner), 제인 오스틴의 '오만과 편견'(Pride and
Prejudice)을 영어원서로 읽었다. 최근엔 미국의 인기작가
니콜라스 스파크스(Nicholas Sparks)의 소설 '더 라스트 송'(The
Last Song)을 완독하고, 지금은 어네스트 헤밍웨이(Ernest
Hemingway)의 '누구를 위하여 종은 울리나(FOR WHOM THE
BELL TOLLS)'를 시작하였다.

도서선정은 회원들의 토론을 거쳐 결정하는데 대체로
고전문학을 선호하는 편이다. 그래서 불속에서 구하고 싶은 책
10가지 중 첫째인 '오만과 편견'을 읽었는데 유익하였으나 너무
어려웠다는 중론에 따라 보다 수월한 현대소설 '더 라스트 송'을
읽었다. 영문소설을 혼자 완독하는 것은 결코 쉬운 일이 아니라는
것을 많은 사람들이 경험 했으리라. 두 세 배의 노력이 더 드는 것
같다. 영어단어를 사전에서 찾고 문맥에 맞는 의미를 골라 한 문장
한 문장 읽어가는 과정은 소설읽기가 아니라 지난한 고행의
길이라고 할 수 있다. 이렇게 힘든 길을 혼자 나섰다가 중도
포기하기 쉬운데 독서회원들과 함께하니 벌써 네 권을 완독하고
다섯 권째 읽고 있다.

회원들은 할당된 자신의 페이지를 완벽히 학습해야만 한다.
단어의 의미를 파악하고, 정확한 발음을 구사하고, 영문법을
정확히 적용해야 문맥에 맞는 해석을 할 수 있기 때문이다. 한
페이지가 끝나면 질문과 답변, 토론이 이루어진다. 문장 행간의

의미, 소설의 배경지식 등에 대한 불꽃 튀는 토론이 벌어진다.
이러한 과정을 통해 가장 적확한 의미를 찾고, 소설의 참맛을
느끼며, 회원 상호간의 학습이 이루어진다. 모두 영어의 바다에 푹
빠져 시간가는 줄 모르며 책읽기에 몰두한다. 이때 ENCD의
리더이자 선장인 Chenny(이정석. 전 CEO)가 배가 산으로 가지
않도록 상황을 정리하고 난해한 문장들을 보충설명해서 소설의
맥을 살려간다.

　해외여행 중에도 해석범위 지정을 잊지 않는 열정을 가진 그는
말한다. "해외여행 자유화 시대에 영어는 기본이다. 영어는 사람을
정중하게 하고 품격을 높여준다. 영어소설책을 읽음으로써
가능해진다." 우리 독서모임의 가장 연장자인 Maria(이을숙.
74세)는 모든 회원들의 귀감이다. 만만찮은 연세에도 불구하고
가장 열성적이다. 매년 3개월씩 뉴욕의 딸집에서 생활하는
동안에도 영어소설책을 놓지 않고 읽어나간다. "외국어 공부는
치매예방에도 좋아. 나는 평생토록 공부 할테야. 나이 많다고
독서모임에서 빼지 말아요. 호호호." 영문학을 전공하여 문법과
문학적 해석에 해박한 Sooki(민병숙. 전 교사)씨는 "은퇴 후에
TV앞에서만 시간을 보내는 것은 100세 시대를 사는 방법이
아니라고 생각해요. 독서모임이
생활의 활력과 기쁨을 주어서
적극 참여하고 있어요." 소설을
맛깔스럽고 깔끔하게 해석하는

Minyoung(양민영. 주부)과 독서모임의 막내인 Meg(윤정선.
주부)은 독서모임에 참여한 뒤로 생활이 달라졌다고 이야기 한다.
"엄마가 밤늦도록 사전을 뒤져가며 영어소설책 읽는 모습을 보고 올
해 수능을 본 딸과 아들의 공부하는 마음가짐이 달라짐을
느꼈어요. 보람을 느껴요."

　국제신사(Gloval Gentleman)라는 별명을 좋아하는 나는 단순히
영어만 배우는 걸 원치 않는다. 영어를 사용하는 사람들을
이해하고, 그들은 무엇에 가치를 두고, 어떤 식으로 세상을
바라보는지를 배우고 싶다. 우리 모임의 살림을 맡고 있는
Jennifer(연희성.고궁해설사)는 '누구를 위하여 좋은 울리나'를
영화로 보기 위한 문화적 송년회를 준비하고 있다. 색채미술
강의하며 영어소설 읽기에 열심인 Margaret(조영희. 색채미술가)은
소설 읽느라 눈이 침침해진 회원의 시력 보호를 위해서 돋보기를
선물하여 훈훈한 분위기를 이끌고 있다. 영화의 여주인공 잉글릿드
버그먼의 미모를 잔뜩 기대하고 있는 Chally(김준표. 전 무역회사
대표), Jay(손종형. 전CEO), James(황의만. 기업대표)은 입모아
말한다."

　우리는 책읽는 액티브시니어다." 그리고 개인사정으로 독서모임을
잠시 쉬고 있는 Hellena(김순혜), Young(정영숙), Shiny(김미경),
Julia(민아)도 영화감상회에 참석하여 영어소설 독서모임의 모토를
이어가기로 하였다.

　Better late than never!(늦는 것은 안하는 것보다 낫다!) ✒

글c클럽 훈장
심상복

엄마라는 자리

지하철을 자주 탄다. 편하기 때문이다. 시간에 늦는 일도 없고, 요금도 싸다. 역까지 걸어야 하기 때문에 운동도 시켜준다. 나처럼 생각하는 사람들이 많은 것 같다. 이용객이 계속 늘어나는 게 그 증거다. 한가지 흠이라면 출퇴근 시간대에는 너무 붐빈다는 것이다. 이럴 때 예전엔 콩나무 시루 같다고 했다. 처음엔 서울 시내버스에 붙여진 별명이다. 요즘은 이 말을 거의 안 쓴다. 집에서 콩나물 길러 먹는 일이 거의 없기 때문이다.

대신 '지옥철'이라는 훨씬 무서운 별명이 붙었다.

착하게 살았는데
우리가 왜 이곳에

이런 시(하상욱)가 나올 정도다. 짧고 재미있게 현실을 비틀었다. 그래도 요즘 같은 폭염에 지하철은 피서지가 되기도 한다. 에어컨을 얼마나 세게 트는지 추울 때도 있다. 며칠 전에도 그런 지하철에 올랐다. 2호선 서초역에서 잠실방향으로 가는데 젊은 엄마와 아이 둘이 탔다. 딸은 초등학교 5학년쯤, 아들은 2,3학년쯤 돼 보였다.

빈 자리가 하나 나자 아이 둘은 서로 앉겠다고 승강이를 벌였다.

Sun ,Moon and hole Acrylic/배기열(글c클럽 1기)

〈질문 1〉 당신이 엄마라면 어떻게 중재할 것인가?

이 엄마는 딸에게 앉으라고 했다. 아들은 불만 섞인 표정으로 왜 누나만 앉느냐고 따졌다. 엄마는 여자에게 양보하는 것이 남자의 도리라고 했다. 몇 정거장을 더 가다 자리가 또 하나 났다.

〈질문 2〉 이번엔 누가 앉겠는가?

이건 너무 쉬운 질문이라고 할 것 같다. 그렇다. 누구라도 예상하듯 엄마는 아들에게 앉으라고 했다. 그런데 열 살 정도된 아들의 반응이 뜻밖이었다.

"제가 아니라 엄마가 앉아야죠. 엄마도 여자잖아요."

"난 괜찮아. 성준이가 앉아."

"남자는 여자에게 자리를 양보하는 거라고 했잖아요."

"난 여자가 아니라 엄마란다."

아들은 긴가민가 하면서 자리에 앉았다. 매우 한국적인 상황이다. 어린 자식을 먼저 앉히는 건 이 땅에서 아주 흔한 풍경이다. 다른 나라도 비슷하지 않을까. 엄마라는 직분은 인류 보편적이기 때문이다. 엄마는 언제 여자일까. 그 장면을 보면서 자연스레 생겨나는 질문이었다. 적어도 어린 자식들과 함께 있는 자리에선 아닌 것 같다. "여자가 아니라 엄마"라는 그 대답처럼. 지하철에 애들 아빠도 있었으면 상황이 어떻게 됐을까. 달라질 수도 있었겠다. 아빠가 이런 식으로 나왔다면.

"성준아, 넌 아빠와 서서 가고 자리는 엄마에게 양보하자. 엄마는 늘 너희들을 위해 수고하니까."

아빠가 이렇게 얘기하면 아들은 기분좋게 고개를 끄덕거렸을 것 같다. 우리 사회에서 엄마가 스스로 자신의 권리를 요구하는 일은 언제쯤 자연스러워질까. 처음 자리가 났을 때 엄마가 이런 식으로 말하는 거다.

"애들아, 엄마가 피곤하니 먼저 앉고 싶구나."

이렇게 분명하게 의사를 밝히면 아이들은 자연스레 '엄마 먼저'를 배우게 되지 않을까. 부모는 온갖 희생을 하고도 자식들이 그걸 몰라 줄 때 서운하다고 한다. 그런데 그런 장면은 스스로 초래한 면도 있다. 엄마는 아이들이 찾으면 언제나 나타난다. 배고프다 소리치면 바로 음식을 해서 먹이고, 여기저기 팽개친 속옷과 양말을 모아 세탁기를 돌린다. 숙제를 못하겠다고 하면 인터넷을 찾아 대신 해주기도 한다. 그러고도 아이가 뭐 부족한 게 없나 하고 그 주위를 헬리콥터처럼 맴돈다. 엄마의 과도한 헌신은 어쩌다 작은 임무라도 다하지 못할 때 아이들에게 불성실로 비쳐질 수도 있다. 엄마의 정의를 바꾸고 싶다. 자식을 아끼고 지원하는 '전문가'이지만 아이들을 위해 희생하는 존재는 아니라고. 엄마도 필요한 것이나 요구사항이 있으면 분명하게 의사표현을 해야 한다. 그래야 아이들에게 섭섭해할 일도 줄어든다. 요즘은 엄마들이 자식들에게 자신의 생일을 미리 주지시키는 경우가 꽤 있다고 한다. 그것이 단지 생일선물 잊지 말라는 정도가 아니라 엄마의 존재와 역할을 달리 보는 계기가 되었으면 좋겠다. ✒

Ⅳ. 나와 우리 이야기

구자정 ⋯ 나는 골프가 왜 이리 좋을까

문진이 ⋯ ZINIZIP, 그 아름다운 도전

이유나 ⋯ 사랑이란.... 가정과 가족이란?

구민경 ⋯ 내가 사랑하는 것

Keith Colbert ⋯ My Grandparent's House

구자정 ⋯ 아름다운 만남과 수료식

나는 타인에게 관심이 참 많습니다.

간섭이나 흉 보려는 게 아닙니다.

그들의 살아가는 얘기만큼 감동적인 스토리는 없습니다.

우리네 삶이 다 좋은 일로만 채워질 순 없습니다.

그건 신의 섭리이기도 하지요.

힘든 일을 겪은 뒤라야 진정한 단맛을 느낄 수 있는 법입니다.

남의 기쁜 일에 기꺼이 동참해 주고

궂은 일엔 조용히 힘을 주는 사람이 되고 싶습니다.

취리히/박정선(글c클럽 9기)

중앙일보 글c클럽 1기
구자정 전 반도스포츠 전무

나는 골프가 왜 이리 좋을까

며칠 뒤 시월이 되면 골프를 시작한 지 딱 50년 된다. 처음
골프채를 잡게 해준 분은 한국주재 노무라증권 책임자였다. 오래
전에 사라진 서울 뚝섬 경마장골프크럽에서였다.

에이지슈터(age shooter, 한 라운드 타수가 자신의 나이보다
같거나 적은 사람)인 나는 지금도 장타를 친다. 젊은 시절 다양한
운동을 한 것이 도움이 되는 것 같다.

중·고등학교 시절에는 축구선수였고, 직장에서는 테니스
동호회를 이끌었다. 겨울에는 가족들과 스키를 자주 즐겼다.
그런 운동근육이 아직도 효험을 발휘하는 것 같다.

당시 몸 담았던 반도스포츠도 레저스포츠용품 제조회사였다.
일본 다이와와 합작한, 재무구조가 우량한 상장회사였다.
주제품은 낚시릴이었고 당시 최첨단 소재로 테니스채와
골프크럽도 제조했다.

　우리 회사가 1980년대 한국 골프계를 호령했던 최상호 프로를
전속 광고모델로 쓰게 되었다. 덕분에 나는 그에게 틈틈이 레슨을
받으며 골프에 깊이 빠지게 되었다. PGA의 전설, 벤 호건이 쓴
'모던 골프' 책도 수 없이 읽어 외다싶이 했다.

　정년퇴직을 하고 맞은 외환위기(1997년말)는 나에게도 큰
시련을 안겼다. 고희가 지났건만 수중에 남은 돈은 별로 없었다.
그래서 2007년 초 천안 Y대학교에 기획조정실장으로 재취업했다.
여기서 9년 근무한 뒤 팔순을 1년 앞두고 퇴직했다. 그후 나는
어떻게 노후를 보낼 것인가, 생각을 거듭한 끝에 태국 가서 내가
좋아하는 골프를 치면서 정신건강도
다듬기로 결심했다. 마침내 2016년
10월 5년 약정기한으로 출국했다.

　태국에서 내가 마음껏 골프를 즐기는
구장은 River Kwai Golf & Country
Club이다. 북서부 산악지대로
미얀마와 접경지역인데, 방콕 공항에서
자동차로 4시간 걸린다. 산이 높고
시원해서 한국인들도 많이 찾는
곳이다. 골프장 이름에 있듯이 명화
'콰이강의 다리'로 잘 알려진 곳이다.
페어웨이가 넓고 레이아웃도
공격적이어서 오래 골프를 쳐도

지루함을 거의 못 느낀다. 50년 된 골프장이라 수목이 울창하고
아침저녁엔 새들이 노래를 들려주는 일년내내 꽃동산이다. 비는
주로 밤에 오고 낮은 시원하니 최상의 기후조건이다. 낮에
때때로 스콜이 쏟아지지만 높아진 기온을 낮춰주니 이보다
조화로운 천연에어컨이 없다. 저녁 때는 콰이강 언덕 위 '푸티크
크래프트'라는 레스토랑에서 노을 사진을 찍으면 절로 작가가
된다.

　골프클럽 측에서는 회원들이 혹시 따분해 할까봐 정기적으로
외부 나들이도 시켜준다. 쳐다보든 말든 비키니 차림으로 늘씬한
몸매를 자랑한다. 온천을 마치면 시원한 맥주나 코코넛 수액으로
땀을 식힌다. 출출한 배를 채우기엔 돼지 바비큐가 일품이다.

　그런 다음엔 재래시장으로 간다. 우리나라 60년대 사골장터를
연상하게 하는 곳이다. 여기서 태국 과일의 황제인 두리안을
비롯해 망고, 자몽 등 과일과 야채, 생활용품을 산다. 값은
한국의 1/3에 불과하다.

　매주 일요일에는 River Kwai Bridge로 나들이를
간다. 여기는 백화점과 쇼핑센터가 몰려 있어 다양한
물건구경도 하고 필요한 쇼핑도 즐긴다. 여기서
빠뜨리지 않는 일이 하나 있다. 전자제품 매장을
둘러보는 일이다. 한국 제품과 일본 제품이 어느
자리에 어떻게 진열돼 있는지를 보면 인기도를
가늠할 수 있다. 젊은 시절 이쪽 분야 일도 했기

때문에 일종의 직업병이라고도 할 수 있다. 일요일 저녁엔
골프장에 딸린 교회에 가서 반드시 예배를 드린다.

　이렇게 한 주가 가고 또 새 주를 맞는다. 거의 같은 일상이지만
나는 언제나 설렌다. 새 날에 대한 기대가 있기 때문이다. 늙으면
서럽다고 말하는 이들이 많다. 하지만 나는 동의하지 않는다.
그렇게 생각하기 보다는 주어진 삶에 순응하며 자족하는 자세가
더 가치 있는 삶을 만든다고 생각한다 . 나이와 늙음도 있는
그대로 받아들일 때 삶이 오히려 당당해 진다고 믿는다. 사람은
행복하기로 마음먹은 만큼 행복하다고 하지 않던가. 나는 이런
맘으로 오늘도 태국 생활을 즐긴다. 일년의 절반은 대략 여기서
보낸다. 주로 한국이 춥고 더울 때 여기로 온다.

　골프 얘기로 글을 시작했으니 골프로 맺을까 한다. 나는
골프를 배우고 나서 남탓을 거의 하지 않는다. 잘못친 공은 모두
내 탓이라는 걸 깨달았기 때문이다. 골프가 나의 잘못된 생각을
바로잡아 준 것이다. 그래서 골프는 내 인생의 또다른 동반자다.

　매주 수요일은 온천행이다. 뜨끈뜨끈한 온천수가 바위틈에서
솟아나오는 곳이다. 여기에 몸을 담그면 골프로 쌓인 피로가
말끔히 사라진다. 이런 호사가 또 있을까 싶다. 이곳에는
러시아를 비롯한 외국인 관광객도 많이 온다. 이들은 우리가
강에는 수상호텔이 떠 있고, 그 옆 수영장에서 아이스크림을
물고 강물에 발을 담근 채 마누라와 오손도손 대화를 나누면
천국이 따로 없다. 부부가 노후를 보내는데 더 없이

적합하지않을까 생각한다. 그래서 이미 그런 커플들이 많다.
모두들 참으로 좋은 사람들이다. 사랑을 주고 받는 사람들이다.
꾀가 있는 사람, 근본이 덜 된 사람도 있지만 아주 소수다.
대부분은 다 맑고 친절한 분들이다. 골프를 치는데 부인들이
대부분 남편 매니저 역할(챙겨준다는 뜻)을 해주는 모습도
아름답다. 4인 라운딩에서 자리가 비면 조인도 잘 되고, 맛있는
음식을 싸와 운동을 하면서 나눠 먹으니 정도 듬뿍듬뿍
쌓여간다. 거의 가족처럼 잘 지낸다 해도 과언이 아니다.

흔히들 말한다. 제주에서는...

흔하게 흑돼지 오겹살을 멜젓에 찍어먹고

흔하게 갈치조림과 성게미역국을 먹고,

흔하게 곽지해변, 협재해변에서 민트빛 바다를 보고

흔하게 중문해변에서 서핑을 하고,

흔하게 올레길과 오름을 오르며

흔하게 돌담길을 걷다가 해녀삼춘이 건네준 전복을 먹어 좋겠다고...

하지만 그게 일상이 된 이곳에서는...

가끔은 한남동 새로 생긴 레스토랑에서 신상 메뉴도 먹어보고

가끔은 성수동 핫한 베이커리에서 친구들과 수다도 떨고

가끔은 롯데타워 123층 전망대에서 미세먼지 가득한 서울야경을 즐기고

가끔은 압구정동 한가운데 짐에서 PT도 받고

가끔은 남산타워 둘레길을 친구와 걸어보고

가끔은 동호대교 양단의 도심을 걸어보며 즐기는 도회지 생활이 그리워질

때도 있다.

ZINIZIP, 그 아름다운 도전

모든 길은 글이 된다

몇 번을 오가는 길이지만, 그때마다 새로운 느낌의 길이다.
어느 날은 몸을 가눌 수 없을 정도의 바람에 밀려 여기서 과연
계속 살아갈 수 있을까, 하는 두려움이 들다가도갈치비늘보다 더
반짝거리는 파도와 창공에 떠있는 듯한 노란 등대의 평화로움을
마주하면 역시 이런 맛에 여기에 살지 한다.비행기에서 내려
추호의 망설임도 없이 1번 게이트 앞 1번 버스정류장으로 향한다.
차를 가져온 날은 1번 게이트 앞 주차타워로 향한다. 지난 2년간
제주에 살면서 친구와 지인들로부터 참 많은 질문을 받았다.

"그래서 무엇이 그렇게 다르고, 또 좋은 건 뭐야?"

처음엔 답이 몇 갈래로 나뉘었지만 이젠 정리가 된 것 같다.

"조금은 여유있게 사는 법을 터득한 거죠. 앞으로도 그렇게
살면 이전보다 훨씬 행복할 거 같아요."

홀로 제주를 찾는 이들에 비하면 나는 무척 유리한
환경이었다. 부모님이 여기에 살고 계시다는 것이다. 이건 기실
남들에 비해 매우 풍요로운 조건이다.문명의 이기나 문화생활을
누리는 건 서울의 절반이나 될까. 물질적 풍요도 과거에 비해
많이 줄어들었다. 하지만 여긴 돈으로 살 수 없는 풍광과 더 없이
맛있는 공기, 그리고 부모님과의 살가운 하루하루가 돈으론 바꿀
수없는 행복을 가져다 준다.

제주 한라우유를 매일우유보다 먼저 집어들고, 육지라는 말이
서울보다 더 친근하게 느껴지고, 10%라도 도민할인 받을 때가
너무 기분좋고, 5일마다 열리는 장을 손꼽아 기다리고,하루 걸러
가는 부모님과의 사우나가 기다려지고, 서울의 절반 값인
삼다수가 고맙다. 이쯤되면 만 2년만에 출신성분 세탁에 성공한
셈이다. 나는 이제 거의 제주사람이다.

JTBC가 만들어 크게 히트 친 '효리네 민박'. 2017년 여름을
행복하게 만들어줬던 예능프로그램인데 그해 겨울에는
시즌2까지 방영했다.

당시제주에 내려온 지 얼마 안 된 나는 일요일밤이면 그들과의
묘한 동질감과 함께 TV 앞에 앉아 본방을 사수했다.

부모님이 제주로 오신 지 10년도 넘은 상황이기에 나는 이미
자타공인 제주전문가였다. 그럼에도 드론으로 높이 찍은 제주의
구석구석 풍광과 멋들어진 그들의 생활공간은 가슴을
두근거리게 만들었다.

그 즈음 친구들이 나에게 "그래서 언제 가면 돼, 지니네 민박 말야?"하고 물어보곤 했다. 그들로선 당연한 일이었다. 사람 좋아하고 노는 거 좋아하는 나였기에.주변에 친구가 없으면 못 견뎌하는 걸 잘 아는 그들이 줄줄이 제주로 몰려들었다. 마음 한구석엔 나도 효리처럼 민박을 하면 친구들이 편히 쉴 수 있을 텐데.. 하며 부러워하던 참이었다.

그런데 이게 웬일인가! 사회생활을 하면서 얻은 참 좋은 인생의 벗, 글c클럽이 그런 도움을 줄 줄이야. 글C클럽 7기 분들이 워크샵차 놀러왔는데 그중 최원규 대표님이 지인이 운영하는 스테이(민박)사업을 소개시켜 주셨다. 그 덕에 나는 그분 집을 몇 채 빌려 펜션사업을 시작하게 되었고, 이 분야에 완전히 문외한인 내가 경험삼아 하기에 딱 좋은 기회를 운좋게 얻게되었다. 이런 인연을 만들어준 글C클럽과 심상복 원장님께 다시 한번 감사드린다.

스테이사업 이후 2018년 말까지 14개월 동안 총 173팀이 다녀갔다. 숙박공유 사이트에서 받은 71팀을 더하면 244팀에 이른다. 월 평균 17.4팀이 다녀갔고, 평균 2박이라고 생각하면 한달이 꽉차도록 머문 것이다. 손님의 70% 는 지인을 통해 이뤄졌다. 지난 20여년간 사회생활을 통해 맺은 좋은 인연들이 제주에서도 빛을 발하고 있는 셈이다.

상호는 "지니네 민박"이다. 내 이름 진이를 붙였으니 애착은 더욱 컸다. 영문으로는 zinizip. 지니집, 진이의 집이자 zip이

우편번호란 뜻이니 스스로 생각해도 더 없이 잘 지은 이름이다.
지니집을 찾아오는 모든 사람은 램프의 요정 지니와 함께 모두
행복하고 신나는 경험을 할 수 있다는 기대감도 심어주고 싶었다.
작년 여름 이 브랜드로 상표출원을 했고, 1년의 시간이지나 지난
8월말 드디어 정식 상표등록이 되었다. 앞으로 지니집으로 여러
갈래 사업도 구상하고 있다.

　서울에서 홍보마케팅 일을 오래 하면서 맺은 인연이 SNS를
타고 제주 정도는 쉽게 연결됐다. 예전에 알던 사람들이
알음알음 내 계정으로 들어와 나의 스테이사업에 큰 도움을 주고
있다.지니집을 거쳐간 그들 모두에게 내가 쏟은 정성만큼 큰
감동을 느끼라고 강요할 수는 없다. 개인의 취향과 숙소에 대한
기대는 저마다 다를 수 있기 때문이다.다만 각각을 위해 별도로
준비했던 나의 진심과 열정이 조금은 그들의 마음에 닿았기를
바랄 뿐이다.

어떤 이에게는 제주에 산다는 것이 굉장한 로망이고, 다른 이에겐 상당한 모험일 수도 있다. 부모님과 함께 이곳에 사는 나는 로망에 앞서 현실을 직시하며 수익모델을 만들어 자립해야 하는 부담이 있다. 그러나 힘에 벅찬 등짐이라기보다는 기분좋은 부담이다.

2020년 이주 4년차가 되는 나에게 있어 가장 중요한 이슈는 사람과 사람간의 네트워킹을 통해 지니집이라는 브랜드 구심점 안에서 지속가능한 자립기반을 갖추는 일이다.

시작이 반이라고 했던가... 다른 곳 다른 영역에서 위치한 사람들이 제주의 지니집에서 서로의 일상을 나누고 인연을 확장하고 있다.

이제는 지니집이 새 아이템을 개발해 그들과 내가 더욱 신나게 뛰어놀 수 있는 공간으로 만들고 싶다.

중앙일보 글C클럽 2기
윤지현 미래애셋대우 선임매니저

두발로 미래로

몰랐다. 두 발이 이렇게 소중한지…

몸 어느 한 곳, 소중하지 않은 곳이 없지만

올 봄, 나는 유독 발의 소중함을 절감했다.

나는 요가하는 사람이다. 요가를 사랑한 나머지 작년에
요가지도자 자격증도 취득했다. 가끔은 요가를 통한 나의 먼
미래를 그려보기도 한다. 그러면서 올해 목표가 분명해졌다.

요가지도자로서 실력을 더 레벨업하고, 겨울엔 인도로
요가수련을 떠나야지… 요가에 대한 갈증은 아직도 너무 크다.
전문적인 요가 수업을 받고 수련도 더 하고 싶다.

그러던 중 마침 내가 좋아하는 요가원에 일요일 심화반이
오픈했다. 그것도 내가 꼭 들어보고 싶던 선생님 수업이다.

설레는 마음으로 얼른 등록을 마쳤다.

3월10일 일요일, 첫 수업날이다. 아침 일찍 일어나 목욕하고

깨끗한 몸과 마음으로 준비를 했다. 첫 날이라 챙길 것이 많았다.
제법 큰 가방에 이것저것 필요한 물품을 챙겼다. 생수, 필기용
노트, 미리 선생님에게서 받은 교재, 수건, 간이담요, 그리고
제일 중요한 요가매트까지…

아침 7시30분 수업시작.

이른 시간임에도 12명 정원 중 한 사람도 늦지 않았다.

간단한 이론수업 후 아쉬탕가 심화수업에 들어갔다. 수업은
주로 실기 중심으로 진행되었다. 기본은 쓱쓱 패스하고 잘
안되는 동작 중심으로 선생님의 디테일한 설명과 시범, 그리고 그
동작을 유지하는 요령과 호흡법 등 수업은 충실히 진행되었다.

오랜만에 연속 2시간 반 동안 흠뻑 땀을 흘리며 집중했다.

오전 10시에 수업을 마쳤다. 만족스러웠다.

내가 부족한 점은 무엇인지, 그래서 다음 수업을 위해 어떤
수련을 더 해야할지 감이 왔다. 보람찬 아침 시간을 보낸 덕에
마음은 뿌듯했다. 집으로 가는 지하철을 타기 위해 계단을
내려가는데 친구에게서 문자가 왔다.

문자를 확인하려는 순간…

아뿔싸… 아악!!

발목이 완전히 꺾여버렸다.

사고는 언제나 순식간이다.

아찔한 느낌과 함께 한동안 자리에서 일어날 수 없었다.

계단을 다 내려갔다고 생각했는데 하나가 더 있었던 거다.

옆으로 메고 있던 커다란 가방 탓에, 또 핸드폰을
만지작거리느라 계단을 못보았고 계단 모리리쪽에 발목이 완전히
접지른 것이다.

증상은 좀처럼 나아지지 않았다.

3주가 지나도 차도가 없어 큰 병원으로 옮겨 다시 진단을
받았다. 여기서는 발목 안쪽 뼈가 벌어져 수술을 해야 된다고
한다. 들어보니 간단한 수술이 아니었다. 나사를 박아 뼈를
고정시키고 3개월 뒤 나사를 빼야 한다고 했다. 평생 수술 한 번
해본 적 없는데…. 급히 수술 날짜를 잡았다.

수술을 이틀 앞두고 몸이 이상하게 으실으실 춥고 예사롭지
않았다. 마침 녹감이 유행하고 있어서 혹시나 하는 밈에 김사를
해봤는데 독감이란다.

안 좋은 일은 한꺼번에 일어난다고 했던가.

수술하기로 한 병원에 전화를 했더니 독감이면 고열이 나고
몸이 정상이 아니므로 수술을 할 수 없다고 한다.

모든 게 꼬이고 있었다.

그렇게 수술을 연기했는데 주변에서 한분 두분 연락이 오기
시작했다. 수술 전에 다른 병원에서도 진단을 받아보라고 한다.
여러 병원의 의견을 들어보고 수술 여부를 결정하라는 얘기였다.
나를 아끼는 분일수록 더욱 그렇게 하라고 권유하셨다.
생각해보니 맞는 말이었다.

발목 전문의가 있는 다른 병원에서 진료를 받아보기로 했다.

새로운 병원에 가서 X레이, MRI 등 다시 많은 검사들을
진행했다.

이 병원에서는 뼈에 대한 언급은 전혀 없고 인대 파열이라며
수술대신 재활치료를 권유했다. 나는 이 병원 의사선생님을 믿고
그렇게 재활치료를 시작했다.

그 후 한달 반이 지났는데 많이 좋아졌다.

약간 뻣뻣한 느낌은 있지만 통증도 거의 사라졌다. 예정된
재활치료를 모두 마치고 원장님을 만났더니 이제는 조금스레
요가를 해도 된다고 하셨다.

다행히 수술은 안 해도 될 것 같다는 느낌이 든다. 독감 덕에
수술을 연기했고 그 덕에 수술을 않고 거의 나은 것이다. 불행 중
다행은 이런 때 쓰는 말이지 싶었다.

발목이 아픈 상태에서 수술을 앞두고 독감까지 걸렸을 때는
정말 절망적이었다. 되는일이 없구나 싶고 답답했다.

세상에서 제일 부러운 사람이 두 발로 막 뛰어 다니는
사람이었다.

그래도 발목을 다쳐 좋았던 점 하나는 출퇴근을 택시로 하면서
조용히 많은 생각을 할 수 있었던 점이다.

내 꿈과 미래에 대해서도 더 깊은 생각을 할 수 있었다.

나에게는 꿈이 있다. 나의 힐링 빌딩을 갖는 것이다.

이 빌딩은 내 주변 사랑하는 사람들이 와서 편안하게 쉬다 갈
수 있는 곳이다. 여기에 오면 다들 심신이 평화로워 지는 곳이다.

1층은 카페와 멀티 식물원이다. 카페에는 커피 2종류가 전통차 2종, 그리고 그날의 신선한 건강음료, 또 간단한 슬로우푸드가 손님을 기다린다. 다양한 식물들도 있어서 마치 야외정원 같은 느낌도 든다. 한켠에는 아름다운 꽃이 있다. 원하면 한송이씩 이쁘게 포장해 가져갈 수도 있다.

2층은 복합공간으로 자유롭게 차를 마시고 책도 읽고 그 밖에 다양한 활동도 할 수 있다. 가끔 강연이나 공연, 전시회도 열린다. 이곳에서 심상복 원장님의 특강이나 최용근 변호사님의 무료(?) 법률 상담, 김화주 작가님의 작품전이 열리면 좋겠다. 어떤 날은 작은 음악회도 열고, 와인파티도 하고 싶다.

3층은 요가원이다. 이곳은 요가선생님이 상수하며 오선과 오후 요가와 명상수업이 진행된다. 누구에세도 방해받지 않은 신성한 공간이다. 4층은 사우나다. 고급 사우나 시설로 대중목욕탕과는 차별화된 시설이다. 반신욕, 족욕도 즐길 수 있으며, 소수의 사람들이 프라이빗하게 이용 가능하다. 호텔만큼 정갈하게 운영된다.

5층은 도서관이다. 이곳에는 다양한 책이 있어 누구든 읽고 즐길 수 있다. 책을 기부하고 싶은 분이 있다면 이 또한 환영이다.

지금까지는 5층까지 구상해 봤는데 더 높아질지도 모르겠다.

누구든 피곤하거나 심신이 지칠 때 들르고 싶은 공간, 50대 중반 이후 내가 꿈꾸는 그림이다.

올해 두 발이, 건강이 얼마나 소중한지 절감했다. 그리고 몸이 불편한 이들에게 얼마나 많은 배려가 필요한지도 절실히 깨달았다.

병이 우리에게 주는 덕목인 것 같다. 동병상련에서 나오는 관심과 배려, 이번 기회에 그런 공부를 할 수 있어 좋았다.

그리고 더 건강하고 아름다운 미래를 그려보며 하나씩 하나씩 필요한 것들을 준비해 나가고자 한다.

한발 한발 그리고 두발로…

제 미래에 여러분을 초대합니다. ✒

오슬로/박정선(글c클럽 9기)

진주귀걸이소녀와 달항아리/김중식

사랑이란....
가정과 가족이란?

"요즘 연애는 해?"

주변에서 종종 듣는 말이다. 결혼은 아직 아니라 해도 연애는
해야 한다는 투다.

왜 그래야 하지? 삶의 재미나 만족을 위해? 그런데 그게 왜
이성과의 연애이어야만 할까. 동성이든 이성이든 돈독한
친구관계나 다양한 취미생활을 통해 충분히 즐거울 수 있는데
굳이 연애를 해야 할까. 연애와 결혼이 별개일 수가 있을지도
의문이다. 연애를 잘 하다가도 결혼은 현실이라며, 조건이
마음에 들지 않는다는 이유로 갑자기 헤어지는 커플을 보면 더욱
그런 생각이 든다. 꼭 결혼이라기보다는 가정을 꾸리고 싶다는
생각은 든다. 뭔 궤변이냐고 할지도 모르겠다. 결혼은 화려한
드레스를 입고 딴따따따~ 축하 받는 이벤트인 것 같다. 반면
가정을 꾸린다는 건 새 생명을 만들고, 키우는 따뜻하고 의미

있는 공동체라는 느낌이기 때문이다. 마음이 가는 곳에서 답을 찾아야 하는 게 아닐까 싶지만, 마음과 현실의 번지수가 달라서 고민은 쌓여 간다. 이렇게 헷갈릴 때에는 원점으로 돌아가 다시 생각해 본다.

사랑의 사전적 의미를 알아보았다.

1. 어떤 사람이나 존재를 몹시 아끼고 귀중히 여기는 마음. 또는 그런 일

2. 어떤 사물이나 대상을 아끼고 소중히 여기거나 즐기는 마음. 또는 그런 일

3. 남을 이해하고 돕는 마음. 또는 그런 일

4. 남녀 간에 그리워하거나 좋아하는 마음 또는 그런 일

5. 성적인 매력에 이끌리는 마음 또는 그런 일

6. 열렬히 좋아하는 대상

연애란 이중 4, 5번에 해당하는 것 같다. 그런데 여기에 함정이 있다. 연애라고 하면 마치 이성간 에로스적 사랑만을 지칭하는 것 같지만, 사실은 소통하는 방법을 배우는 일주문이라는 것이다. 대학 시절 심리학 수업에서 교수님으로부터 이런 농반진반의 말을 들었던 기억이 난다. '연애 잘 하는 사람이 회사 생활도 잘 하더라. 20대에는 연애만 해도 돼.' 당시엔 이 말의 의미를 이해하지 못했다. 그 때 70%라도 이해했다면 내 인생이 훨씬 수월하게 풀렸을 지도 모른다. 대인관계의 많은 부분이 연애를 통해서 학습되거나 연마된다고 생각하기 때문이다. 혼자 느끼는 감정을 담담하게 왜곡 없이 전달하는 스킬, 상대방의 이야기에 공감하는 능력, 적당히 둘러댈 줄도 아는 처세술 같은 것 말이다. 연애를

하면서 남녀가 공감하게 되면 같은 편이 되어 힘을 합치기도 하고, 그 반대 경우엔 적이 되어 다투기도 한다. 배려도 하고 울고 웃으려면 소통하는 기술은 연애나 사회생활이나 크게 다르지 않다고 생각한다. 연애의 기본은 공감 또는 소통이니까. 주변을 돌아보면 외모는 특별하지 않아도 공감 능력이 뛰어난 사람이 역시 사랑받고 승진도 잘 하는 경우를 볼 수 있었다. 반면 잘난 사람은 상대를 잘 이해할 줄 몰라 공감능력이 떨어지거나 처세술이 약한 것 같았다. 그래서 연애는 대인관계에서 '결과'와는 무관하게 그 자체로 소중한 '과정'이라고 말하고 싶다.

이제 다음으로 넘어가서 가정의 사전적 의미를 살펴 보자.

1. 한 가족이 생활하는 집

2. 가까운 혈연관계에 있는 사람들의 생활 공동체

가족은 '주로 부부를 중심으로 한, 친족 관계에 있는 사람들의 집단 또는 그 구성원. 혼인, 혈연, 입양 등으로 이루어진다'라고 쓰여 있다. 가족이 혈연이나 법으로 묶여 있는 집단이라면, 가정은 가족이 머무는 공간이나 생활공동체 자체를 의미하는 것으로 보인다. 혈연으로 묶여 있으면 자연히 가족이 될 수 있고, 가정을 이루는데 피가 섞이지 않으면 강제성이나 책임감을 부여하고자 법으로 묶어 놓은 것 같다.

우리 사회에서도 가정해체 현상이 꽤나 빠르게 진행되고 있다. 자연히 가정이란 무엇인지, 어떤 곳이어야 하는지 의문도 더해진다. 피를 나누었어도 구성원으로서 사랑과 역할을 다하지

않으면 가족이라고 할 수 있을까. 서로를 보살피지 않는다면
가족이라고 부를 수 있을까. 연인관계지만 육제적, 정신적으로
아프거나 경제적으로 힘들 때 서로를 위하고 돌본다면
가족이라고 해도 무방하지 않을까. 혈연을 능가하는 배려와
사랑이 있다면 법으로 만든 끈이 없더라도 가족이라고 해도 되지
않을까. 사람은 누구나 혼자 남겨지는 것에 대한 두려움이 있다.
아플 때 혼자이면 더욱 힘들고 서럽다고 한다. 혼자 사는 주변에
지인은 DKNY가 되어 간다기에 '삶이 명품인가 봐?' 라고
물었더니, 독거노인(DKNY)이 되어 간다며 혼자 사는
사람들끼리 서로의 고충을 챙겨주면 좋을 것 같다고 했다.
농반진반이지만 TV에 잊을만 하면 나오는 고독사 뉴스를 접하면
불안감이 자연스레 피어오른다. 그렇지만 그런 두려움 때문에
결혼을 필수처럼 말한다면 여전히 동의하기 어렵다. 이런 얘기를
들은 적 있다. '아빠나 엄마 없으면 어때? 남은 가족 그대로
행복하면 굳이 보충하지 않아도 되잖아.' 한부모 가정도
가정이고, 전통적인 가족 형태도 이미 상당히 변해 버렸다. 엄마,
아빠는 헤어졌어도 아이 양육에 마음을 합치면 진화한
가족이라고 할 수 있지 않을까. 싱글들끼리 모여 경제적,
정서적으로 의지하는 생활공동체를 이룬다면 이 또한 새로운
가족이라고 볼 수 있지 않을까. 녹록치 않은 이 시대를 사는
30대 싱글여성의 머릿속은 이래저래 복잡하기만 하다. 나름대로
생각을 정리해 보았다.

사랑이라는 넓은 범주 안에서 연애가 가지는 의미는 단지 이성간 달콤한 관계뿐 아니라 대인관계의 기초가 되는 소통이라고 생각한다. 그래서 그와의, 혹은 그녀와의 원만한 관계는 장기적으로 다른 이들과의 대인관계를 유지하고 발전시키는 역할을 할 수 있다. 그러니 연애라는 건 다음 단계로 이동하거나 발전하지 않는다 해도 그 자체로 이미 소기의 목적에 도달한 행위라는 생각이 든다. 또 가족의 정의가 바뀌고 가정의 형태도 분화 또는 진화하고 있다. 복잡다단한 세상에서 평생의 반려자를 만날 수 있을지 모르지만 먼 훗날 혼자 늙고 병드는 것이 두려워 가족이 필요하다는 생각은 사양하고 싶다. 어떤 계산에 따라 움직이기보다는 자연스럽게 현재를 살고, 좋은 인연이 나타나면 만나보리라. 이 관계에서 당장의 결과물을 기대하기 보다는 봄에 꽃이 피고 가을에 단풍이 들듯이 자연스럽게 삶의 일부분을 공유하기를 시작하면서 점점 교집합의 범위를 확대해 나가야겠다.

봄에 꽃잎 떨어지는 모습이 허무한 게 아니라 초록빛 새 잎을 피워내는 과정이듯이, 주어진 하루하루를 감사히 충실하게 지내다 보면 복잡한 머리가 맑게 개이리라 믿는다. 🖋

글c클럽 12기
구민경 뉴스나인어학원 원장

내가 사랑하는 것

　어느덧 30대 중반을 넘어섰다. 상상 속 이 나이의 나는 결혼을 했고, 아이가 있었다. 현실은 여전히 둘 다 아니지만. 30대 중반이 넘어가는 싱글 라이프의 삶은 생각보다 참 모순적이었다. 보기보다 참 시간이 많다. 직장생활 혹은 사회생활에 어느 정도 익숙해져 있을 때라 일을 요령있게 하고, 자신만의 시간을 만들어내는 법을 아는 나이가 되었다고 할까? 혼자 살아서 밥 차려 먹고 집안일 하고, 이런 소소한 일을 다 해도 시간이 넉넉하다. 결혼하고도 아이가 없으면 이와 비슷하지 않을까, 라고 생각했었다. 하지만 세상엔 겪어 봐야만 아는 일 투성이다. 내가 원하는 일정대로 시간을 활용할 수 있는 것과, 누군가의 스케줄에 맞춰 시간을 빼야 하는 것은 전혀 다르다. 같은 일을 해도 시간이 2배로 걸릴 수 있다. 내가 원할 때 밥 먹고, 내가 원할 때 청소를 하는 것과 누군가 먹어야 할 시간에 하던 일

멈추고 밥을 먹어야 하고, 누군가가 오기 전에 청소를 해야 하는
것은 차원이 다르다는 얘기다. 두 경우에 각각 다른 시간의
법칙이 적용되기 때문이다. 그래서 오롯이 자기만을 위한
시간표를 짤 수 있는 싱글들은 시간이 참 많다. 나나 그 언저리의
언니들이 그랬다. 남들 보기엔 세상에서 가장 바쁜 사람이었을
게다. 별의별 모임에 다 참석하고, 자기계발에도 시간을
할애하고, 소소하게 여행도 하고, 사람들도 참 다양하게 만난다.

이게 참 바쁜 일인데, 역으로 말하면 그런 걸 다 할 시간이 있다는 것이다. 문제는 온 국민이 다 바쁘다는 명절이나 진정 중요한 이벤트 날에는 몹시 한가해진다는 점이다.

그렇게 30대 중반의 나는, 밖으로 보여지는 나와 실제 모습간 상당한 간극을 유지하며 어디가 진짜인지 모르고 여기저기 기웃거리며 살았다. 그렇게 즐겁게 시간을 보내는 방법 중 하나가 새로운 모임에 들고 뉴 페이스를 만나는 것이다. 이 즈음엔 과거의 친구들도 저만치 떨어져 있다. 결혼해서 아이가 있는 친구와는 아무리 가까운 사이였어도 대화주제가 달라도 너무 다르다. '미친 육아'를 말하는 그들은 나에게 아직도 '미친 연애'냐며 핀잔을 주기 일쑤였다. 싱글들은 그렇게 아줌마스러워진 친구들을 보며, 나는 결혼해도 저렇게 안 변해야지, 다짐했다.

뭐든 반복되고 시간이 쌓이면 유형이라는 게 생긴다. 새로운 사람들을 만났을 때 받는 질문도 그랬다. '아니! 이렇게 매력이 넘치시는데 왜 아직 결혼을 안 하셨어요. 눈이 너무 높으신가 보다. 혹시 이상형은 어떤 스타일인가요?' 이런 게 대표적인 유형이었다. 난 고등교육을 받은 덕에 반복되는 질문에 대한 배경지식과 대응법을 금세 터득했다. 이런 식으로 자연스럽게 '훅, 드루와' 질문을 하는 사람들의 상당.수는 유부남이다. 어차피 먹으면 안 되는 사과이고 원산지가 공개되면 판매금지 딱지가 붙으니, 빨리 훅~신분이 드러나기 전에 이 사과를 최대한 잘

가지고 놀아야 하기 때문이다. 이런 심리적 동기와 행태는
비루해서 여기에 도저히 표현할 수 없다.

이런 흙탕물 낚시꾼들에게 30대 중반이지만 나름 성취를 이룬
여자가 할 수 있는 대답은 무엇일까? 일단은 '역시 현실을 모르고
성격이 지랄 맞아서 결혼을 못했구나' 하는 소리는 듣지 말아야
한다. 비록 이런 낚시를 던지는 사람에게 덕 볼 일은 전혀 없을
테지만.

그래서 이렇게 대답한다. '아이고. 무슨 말씀이세요. 저는 그냥
대화가 통하는 사람을 만나고 싶어요.'

이러면 역시나 '아이고, 그거 제일 어려운 거네.' 하는 반응이
돌아온다. 이 상당수 질분자들의 생각은 대체로 이랬나.
'사과=먹는 것, 답은 먹거나 말거나 둘 중의 하나다. 그런데 왜
대화를 하려고 하지?' 이런 교훈은 한참 뒤에야 얻었다. 이런
이치를 몰랐으니 대화가 통하는 사람 어쩌고 했던 것이다.

그런 시행착오의 날이 가고 또 가다보니, 어느날 난 결혼을 한
상태였다. 마치 예정이라도 되어 있던 듯. 적어도 20년 이상
결혼이란 주제가 나오면 이런 말을 듣곤했다. '사람은 사계절을
다 겪어봐야 안다' '돈내기 게임을 해 봐야 인성이 나온다.' '주변
사람 대하는 걸 봐라.' 등등. 그런 격언(?)들을 귓등으로 들으며
지금 돌이켜보면 참으로 어렵게 생각했던 결혼을 아무렇지 않게
해버렸다.

- 앞에 길이 있어 별 생각 없이 걸었다. 과거에 그런 길은, 둘이 함께 매우 열심히 만들어가야 한다고 생각했다. 하지만 그때 우리는 아무렇지 않게 편하게 그냥 걷기만 했다. 그렇게 걸었더니 어느날 그 길이 우리의 길이 되었다.

그렇게 우리는 결혼을 했고, 그 생활을 1년 넘게 하고 있는 지금이다.

나는 대화가 통하는 사람을 원했지만 지금은 대화가 필요없는 대상을 사랑하게 되었다. 나는 물에 빠져도 언제나 입은 동동 뜰 것이라는 소리를 너무 많이 듣고 살았다. 사랑을 하면서도, 쉼없이 그 사랑이 정의되기를 바랐고, 생일 선물이 아무리 근사해도 손편지가 없으면 상대의 모든 노력을 수포로 만드는 장본인이었다.

카톡을 할 때면 어떻게 감동을 줄 수 있을까, 고민하며 인스턴트 메시지에 어울리지 않게 편지글이라고 느껴질 만큼 장문을 쓰는 데 천재였다. 아빠가 생일날 써준 편지를 지갑에 넣어 다니며 아빠의 사랑을 만지작거렸다. 그렇게 나는 글로 표현되는 것에 중독된 아이였고, 내가 '아!' 하면 '어!' 하는 사람을 찾고 있었다.

그러나 지금 나는 한번도 인간의 언어로는 대화를 나눠보지 못한 대상을 사랑하고 있다. 나와 그 사이에서 말을 덜어내니 엄청난 것들이 밀고 들어왔다. 그 아이는 말 대신 모든 걸 행동으로 보여준다. 나에게 감언이설을 하거나 거짓말을 속삭이지도 않는다. 오직 행동으로만 모든 걸 보여준다. 내게 1도 무심한 적 없다. 내가 잠깐 움직여도 나에게서 눈을 떼지 않는다. 언제나 내 곁에서 함께한다. 사랑한다고 '말'은 하지 않지만 하염없이 바라봐 주고 자신의 따뜻한 품을 나눈다. 잠시라도 떨어졌다 만날 때면 다시 못 볼 줄 알았던 사람처럼 반겨준다. 그의 행동은 백마디 말보다 더 진실로 다가온다. 그냥 함께하는 것으로 우리는 사랑을 확인한다. 사랑의 완전체라고나 할까.

나는 이 아이를 통해 완전히 달라지고 있다. 과거 나는 뭔가 다툼이 생길 땐, 말로 설명해 보라고 했다. 타당한 이유를 대라고 했다. 그런데 지금은 아니다. 그 아이가 무엇 때문에 그랬을까? 뭔가 불편한 건 아닐까? 무엇을 원하고 있는 걸까? 이런 생각으로 바라 보고 있으면 내 사랑이 자꾸만 커진다. 가지런히 모은 작은 두 손, 깨물고 싶다. 맑고 큰 눈망울, 어떡하지? 오똑한 콧등, 귀여운 입 모양, 모든 게 귀엽다. 만져도 만져도 자꾸 만지고 싶다.

그렇게 사랑으로 가득찬 너를 바라볼 때 너는 그 앙증맞은 꼬리를 하염없이 흔들며 내게 와 모든 곳을 핥아 준다. 아무 소리도 안 나지만 '좋아 미치겠어! 정말 너무 좋아!' 라는 소리가 쩌렁쩌렁 들려오는 듯하다.

나는 너의 위대한 사랑을 표현해 보려고 이렇게 안간힘을 쓰고 있지만, 동작이나 대충 묘사할 뿐 그 이상은 임파서블이다. 나는 말이라는 도구가 이렇게 소용없는 줄 몰랐다. 말을 하지 않는

너를 통해 세상엔 말로 표현할 수 없는 어마어마한 일들이
있다는 걸 알게 되었다. 내가 너희들과 집에서 몇 시간을 보내도,
세 살배기 아이가 쓸 수 있는 단어 이상은 쓸 일이 없다. 우리는
언어를 넘어 퀀텀(양자, 극미세 입자)으로 연결되어 있으니까.

　그렇게 너희들은 내게 "아! 정말 이렇게 살아도 되나? 아무
걱정 없이?" 라고 걱정할 정도로 행복을 선물해 주었다. 그런
복을 주고 엄마 강아지 밍키가 떠났다. 난생 처음 혼자 남겨진 딸
블랙키는 작년에 걸린 병이 재발했다. 결혼생활이 그랬던 것처럼,
시간은 참 부지런히 흘러간다. 밍키가 떠난 지 벌써 넉 달이
넘었고, 블랙키는 이제 모레면 약물치료가 끝난다.

　그리고 지금은 미세먼지 때문에 잃어버린 봄을 보충할 더
소중한 가을, 그것도 끝자락이다. 이런 날은 더욱 더 보고 싶다.
가을 하늘이 너무 높을 때, 뭉게구름이 가슴 속으로 들어와
기분이 정말 좋을 때, 오늘도 좋은 날이라고 느껴지는 시간이면
더욱 보고 싶다.

　밍키야! 생전에는 귀가 안 들렸지만 그곳에선 잘 들을 수 있지?
엄마가 우리 밍키 이름을 참 많이도 불렀지. 밍키야, 엄마가 밍키
장례식 날 읽어줬던 편지 내용 다 들었지? 우리 밍키는 엄마의
말을 귀가 아닌 온몸으로 영혼으로 듣는 아이니까.

　밍키야. 오늘도 날씨가 좋구나. 하늘이 참 이뻐. 그래서 네가
더욱 선명하게 떠올라. 이 말이 갑자기 초라하게 느껴지는구나.
말뿐이라서 말이야. 그래도 너의 분신 블랙키가 있으니 얼마나

다행인지 몰라. 세상에 나만 존재하는 듯 나를 믿고 따르는 너의 2세, 지금도 내 품에서 코~ 자고 있단다.

무엇보다 이 모든 것을 선물해 준 남자, 그렇게 내 인생을 아주 밀도있게 만들어 주는 신랑 키쓰(Keith). 이 글에 동원된 모든 사랑 표현은 당신이기도 하지.

"뭐라고 쓴지 궁금하지? 한국말 좀 배워라. ㅎㅎ"

배우든 안 배우든 무조건 언제나 사랑하겠지만.

My Grandparent's House

As I remember my grandparent's house. Picking a date in time, I'll go with 1963, seems an age to return to share this memory, so let me begin, then the place was located about four miles from Poplar Springs Baptist Church on a red-dirt lane. Driving from the church heading towards the river, you would go about five-hundred yards there is a paved road on the right, turn there, then in about three-quarter mile, you would bare to your right, then follow this red-dirt road until you reach the end. During this window in time, there were four houses along the way until you reach their place.

As you drove the long lane, there is a field of planted

pine trees on the right, and cotton field on the left as you passed the last house, proceeding along the lane made a left turn, there was a pigpen on the right, a large pear tree, a couple pecan trees, and a cleared field planted with peanuts or other crops. You could see a small garden on the left, often had sugarcane, tomatoes, and peas growing in the summer sun. I remember an old fence made from wire and hand-cut fence posts that lined each side of the lane.

As I try to describe it now, all the old memories flow into my mind. I have to close my eyes tight to concentrate, regaining my vision, looking up the lane there is the old weathered wood-framed house, a beautiful gray place of love. In the front fenced yard bare of grass, hand swept dirt and full of flowers. So clean and neat from all of the diligent hours of labor.

Open the gate and walk the flowered path, reaching the steps to the front porch boasting a swing and several rocking chairs. You came to the door to the breezeway, going through the family room on the left and bedrooms were on the right. If you continued walking straight, there was a table for enjoying a summer breakfast or lunch, and a small sink to wash away the dirt from a hard day in the fields. As you came to the backdoor leading to the yard full of chickens, a smokehouse on the left, just to the right a hand pump well and up the hill several fields holding a few pigs and a small herd of cows. A large barn and place to keep the tractor and other tools and equipment for the farm.

All of this describes my grandparent's house. There dwell my Pawpaw, Willis Colbert, a hardworking, honest, funny, proud Native American man, and my Granny Colbert, a strong Christian woman with a heart of gold, both made this home a home.

중앙일보 글c클럽 1기
구자정 전 연암대 사무처장

아름다운 만남과 수료식

2019년 6월 24일 월요일, 저녁 8시 김동률 서강대 교수님 강의가 끝났다.

"야호!! 이제 졸업이다."

나 어릴 적 졸업식은 눈물바다였지만 지금은 판이하다.

재주꾼 이유나씨가 그랜드피아노 앞에 앉는다. 그러곤 잠시 손가락을 풀더니 건반을 두드린다.

뮤지컬 캣츠의 '메모리'를 부르자 분위기는 갑자기 달아오른다.

오늘은 중앙일보 글c클럽 2기 수료식이다. 개강날 어색하게 처음 만난 지 딱 10주가 되는 날이다.

졸업생은 16명, 다들 나보다 한참 젊지만 동기생들에게서 나는 많은 걸 배웠다, 짧은 시간이었지만. 연령대는 30대에서 80대까지(필자) 다채롭다. 하는 일도 다양하고. 축제 분위기를 뿜어내는 현수막은 이렇게 외친다.

2019. 7. 1 책
  아침이면 어김없이 펼쳐보는 조간신문
구석구석 한참을 훑러보다 시선 멈춘다.
머리를 바싹 대밀고 코앞까지 끌어당긴다.
「글c크럽」
  얼마전 만났던 낯익은 얼굴들 반가워 미소 짓는다.
한줄씩 읽어가는동안 명아리 눈물만큼 시샘이 났다.
갑자기 우리글c들이 보고 싶었다.
우리 글c들도 그랬었던가?!

  나도 어쩔수 없는 속물인 듯 싶다.
훈장님의 또한번의 결실 축하합니다우리글c   2019
                                            7.1
                                          月 서정주

'2019년 찬란한 봄날을 함께한 친구들'

그렇다. 우리는 석 달이 안 되는 짧은 시간에도 불구하고 어느새 멋진 친구가 되어 있었다. 무대 정면에 걸린 현수막은 이렇게 속삭인다.

'당신이 걸어온 길, 글이 되는 그날을 고대하며'

각자가 걸어온 길을 글로 표현해 달라는 훈장님의 당부가 담긴 멋진 표현이다.

김교수님 강의 전에 이미 우리는 각자의 마음을 저마다의 색깔로 물들이기 시작했다. 홍대앞 이탈리아식당 '알라또레' 루프탑, 우리는 초여름 시원한 저녁공기를 흡입하며 담소를 즐겼다. 샴페인과 핑거푸드는 졸업식 분위기를 끌어올리는 데 더없이 안성마춤이었다.

"나 같은 사람도 홍대앞에 와 보는구나."

자못 감격했다. 흔치 않은 장소, 기분 좋은 음식이었다. 서로 환한 얼굴로 담소를 나누다 마지막 강의를 듣고 만찬 테이블에 둘러 앉았다. 와인병은 예쁜 리본을 달고 있었고 소담한 음식이 뷔페식으로 준비됐다. 마지막 메인요리는 스테이크. 그렇게 떠들며 웃음꽃을 피우던 중 레스토랑 사장님의 섹스폰 연주가 시작된다. 완전 프로급이다. 알고보니 세계 곳곳을 다니며 연주 솜씨를 뽐낸단다. 메모리에 이어 섹스폰 연주, 역시 음악은 우리를 들뜨고 행복하게 만든다. 이어진 수료식에서 훈장님은 개근상 6명에게 특별한 축하메시지와 함께 선물을 건넸다. 그

중에 나도 끼었지만 정말 대단한 사람이 있다. 대전에서 매주 월요일 저녁, 서울 서소문 중앙일보 글방으로 출근한 박종덕 대표님이다. 자랑스럽게도 나는 그의 짝꿍이었다. 문화재 건축물을 보수,관리하는 일을 하는 분인데 모든 수업에 매우 진지하게 임하는 자세가 인상적이었다. 옆에 앉은 나는 그저 흉내라도 내자는 심산이었다. 이 지면을 빌려 박대표님에게 별도의 감사말씀을 전한다. 그런데 이날 졸업식에 박대표님은 불행히도 오지 못했다. 아홉 번 개근하고 한번 결석한 셈이다. 그는 이날 졸업식에 가지 못할 불가피한 일이 생겼다고 사전에 양해를 구하긴 했지만 나는 상당히 서운했다. 훈장님은 오늘 출석 여부에 상관없이 박대표는 무조건 개근상이라고 했다.

훈장님은 나도 특별히 언급했다. 대전 다음으로 먼 용인 수지에서 하루도 빠지지 않았을 뿐 아니라 성실한 자세가 다른 학생들의 귀감이 되었고, 그래서 존경한다고. 과분한 칭찬이다. 올드보이에 대한 전관예우라고 여기면서도 기분은 더 없이 좋았다.

나도 화답을 해야 했다. "여러분이 너무 좋습니다. 좋은 걸 어떡합니까?" 이런 식으로 막 떼를 쓰다시피 했다. 그러면서 사랑한다는 감정을 짧은 율동으로도 곁들였다. 상당히 어색하게 보였을 수 있지만 그때의 내 숨김없는 마음이었다.

"좋은 걸 좋다 하는 게 흠이 될 수는 없겠지요. 함께 공부한 중글 2기 동기 여러분, 진심으로 감사합니다."

V. 일과 배움

이원주 … 어떤 정년퇴임식

장승희 … 늦은 때는 없다

박기량 … 생각 저수지

박재범 … 배움이라는 심연(深淵)

배흥기 … 왜 사회적 가치인가

박현 … 4차 혁명의 화두 U−스마트시티

배기열 … 텅 빈 충만, 미디어아트

오늘도 우리는 일하러 갑니다.
정기적이든 아니든 가치 없는 일은 없습니다.
그 목적이 돈이든 봉사든 자기계발이든 일은 우리를 위해 존재합니다.
거기서 우리는 많은 것을 배웁니다.
그 중 '관계학'이 으뜸일 겁니다.
정말로 어려운 것이 사람간 관계죠.
일의 성과도 관계의 산물입니다.
'배려'가 가장 강력한 무기라고 생각합니다.
오늘도 이 단어를 기억합니다.

중앙일보 글C클럽 3기
이원주 소방공무원

어떤 정년퇴임식

소방관으로 30여년을 살아온 선배님이 정년퇴임하는 날이다. 추억의 영상에서 타오르는 20대 청년이었던 그는 이제던 초로의 60대가 되어버렸다.

강산을 세 번 바꿔가며 낮은 낮대로, 밤도 낮처럼 뛰어다녔던 거친 일터에서 선배님이 해방되는 날이다. 옆에는 크고 작은 사건, 사고마다 마음 졸이며 성심껏 내조해 준 아내와 아버지의 뒤를 이어 새내기 소방관으로 근무 중인 든든한 아들이 서 있다.

"선배님, 꽃길만 걸으세요. 영예로운 퇴임을 축하드립니다."

주인공 뜻에 따라 간소하게 준비된 퇴임식장에 후배들의 따스한 마음이 담긴 현수막이 걸려 있다. 그 아래 영화제 시상식에서나 봄직한 아담한 붉은 카페트가 깔려 있다. 사진 찍기에 알맞는 딱 그 정도의 넓이다.

어렵고 힘들지만 누군가는 해야 할 임무를 무사히 마친 선배님을 이제 보내드려야 한다. 군을 제대하고 사회로 나오던 날, 도로를 질주하는 붉은 소방차의 강렬함이 운명처럼 다가와

이 직업에 투신했다고 한다. 소방관의 삶 속에서 소소하게 다치고
깨진 정도는 오히려 감사할 일이란다. 그가 거목처럼 느껴진다.

　다음은 대를 이어 소방관의 길을 택한 아들에게 안전기원
방화복을 전수하는 시간이다.

　선배님의 몸과 마음을 오늘까지 안전하게 지켜준 그을린
방화복과 화재현장 낙하물로부터 머리를 안전하게 보호해
주었던 헬멧이다. 여전히 투박하고 연기에 찌들고 이젠 시간의
무게까지 한껏 머금은 방화복을 정성스럽게 아들에게 입혀준다.
헬멧까지 씌워 준 뒤 초로의 아버지는 아들을 그윽한 눈으로

바라본다. 키도 덩치도 자신보다 더 큰 아들을 꼭 안아주고 등을
두드려주는 아버지의 소망은 이제 딱 하나다. 다치지 말고 몸
성히 일하길. 부인도 일어서 나와 눈시울을 붉히며 남편의
방화복을 입은 아들의 볼을 어루만진다. 부부는 양쪽에서
아들의 손을 꼭 잡으며 환하게 웃는다.

이어 아들이 아버지에게 감사의 글을 올린다.

"초등학생 때 아버지는 퇴근만 하면 피곤하시다며 우리와
놀아주지 않았습니다. 그게 이해가 안 갔습니다. 아빠와 좋은
시간을 보내는 친구들이 부러웠습니다. 제가 소방관이 되고
나서야 아버지의 마음을 알게 되었습니다. 그간 한 번도 제대로
못 했던 말, 감사하고 사랑합니다."

흐뭇하게 바라보는 아버지의 표정이 인자하다.

선배님의 답사가 이어진다.

"그동안 선배들의 퇴임을 보면서 나에게도 그런 날이 올까,
생각했는데 마침내 오늘 그런 시간이 왔네요. 그간 옆에서 함께
고생해 준 직원들 덕분에 여기까지 올 수 있었고, 하루하루
버티다 보니 내가 주인공이 되는 오늘이 왔네요. 항상 현장에서
자신과 동료의 안전을 챙기며 임무 완수를 위해 살아왔습니다.
이젠 출동벨 소리에 촉각을 곤두세우지 않아도 되는 밤을 보낼
수 있어 감사합니다."

동고동락 했던 후배들의 축가가 이어진다.

대학시절 밴드동아리를 한 직원들이 나와서 해바라기의

'사랑으로'를 기타로 연주한다. 전 직원이 따라 부른다. 노 소방관의 기억 속은 지난 30년이 주마등처럼 스쳐 지나가며 뜨거운 눈물이 흘러내린다.

"새벽녘 어둠이 채 가시지 않은 좁은 보도 위를 육중한 소방차를 끌고 가는 일, 한밤중 출동벨 소리에 대기실 문을 박차고 나가는 일, 몸이 부서져라 화마와 싸웠던 일은 듬직한 후배들에게 맡기시고, 선배님은 이제 그저 하고 싶은 일만 찾다니며 즐겁게 사세요. 부디 꽃길만 걸으시길 빕니다."

인생 2막을 응원하는 후배들의 외침이 식장을 가득 채운다.

오늘 밤 한파주의보가 발령될 거라는 tv뉴스가 나온다. 소방관은 날씨에 민감하다. 벌써 어둠이 짙게 내린 저녁 6시, 교대조로 출근한 직원들이 분주히 움직인다. 소방차가 쉬고 있는 차고 온도를 확인하고, 공기호흡기 등 개인장비와 각종 화재진압장비를 꼼꼼히 챙기며 가동해 본다. 제설장비를 챙길 때도 됐다.

"선배님, 오늘부터 일기예보 같은 건 신경쓰지 마시고, 편히 주무세요!"

생명이 있는 세상 모든 것들은 세대를 이어간다. 자연스럽게, 아름답게! 오늘은 아버지가 아들이게 바통을 넘겨주는 밤, 또 한 세대의 시작이다.

모지스

늦은 때는 없다

8월 한낮의 태양이 이글거립니다. 불덩이 같은 태양은
열정이라는 단어를 끌어냅니다. 열정은 다시 젊음을 떠올리게
하고요.

"사람들은 늘 내게 늦었다고
말했어요. 하지만 사실 지금이야말로
가장 고마워해야 할 시간이에요.
진정으로 무언가를 추구하는 사람에겐
바로 지금이 인생에서 가장 젊은
때입니다. 무언가를 시작하기에 딱 좋은
때이지요."*

미국의 국민 화가로 불리는 모지스 할머니(사진. Anna Mary
Robertson Moses)는 75세에 그림을 그리기 시작하였습니다.
관절염으로 다른 일을 할 수 없게 된 때였지요. 어린 시절부터
좋아했으나 농장 일을 하고, 아이들을 키우느라 잊고

살았습니다. 관절염으로 오른손에 통증이 오면 왼손으로 붓을
잡았답니다. 80세에 첫 전시회를 열었고 101세에 돌아가실
때까지 1600여 점을 그렸습니다. 그 중 250점은 생애 마지막 2년
동안에 그린 것이랍니다.

뉴욕시가 '모지스 할머니의 날'로 지정한 100번째 생일 축하
자리에서 할머니께서는 이렇게 말씀하셨습니다.

"하고 싶은 일이 있으세요? 그럼 그냥 하면 돼요. 삶은 우리가
만들어나가는 것이에요. 언제나 그랬고 앞으로도 그럴 겁니다."

몇 달 전 교직을 정년 퇴임한 지인은 폭염주의보가 계속되던
지난 한달 내내 산속 마을에서 목수 일을 하였습니다. 땅을
고르고, 나무를 사와 필요한 길이에 따라 자르고, 수평을 맞춰
못질도 하였습니다. 시키는 사람도 없었고 도와주는 사람도
없음에도 하고 싶은 일이었기에 혼자서 묵묵히 작업을
마무리하였습니다.

펜을 잡던 손으로 대패와 톱을 잡은 것이지요. 두뇌와 컴퓨터
대신 몸과 망치를 쓰면서, 처음엔 자신도 이 일을 며칠이나
지속할 수 있을까 의문을 가졌답니다. 하지만 그는 해가 뜨는
시각부터 어둠이 내릴 때까지 매일 변함없는 열정을
보여주었습니다.

생각만으로 간직하고 있던 것을 꺼내어 행동으로 옮기려면
용기가 있어야 합니다. 지금이 인생에서 가장 젊은 때임에도
불구하고 우리는 어떤 일을 시작하기 전 주저하게 됩니다.

성공할 수 있을가에 대한 불안한 마음도 시작하려는 용기를
짓누릅니다. 시작하는 것만큼 중요한 것은 그 일을 계속해
나가는 것이기 때문이지요. 하고 싶은 일을 시작하고 또 계속해
나가는 것, 그것이 열정입니다.

인간에게는 돌이킬 수 없는 네 가지가 있다고 합니다.

내 손을 떠나 버린 돌,

내 입을 떠나 버린 말,

잃어 버린 기회,

그리고 가버린 시간……

가버린 시간이 되지 않도록, 매 순간 감사하며 기회를
만들어나가는 당신이 되었으면 좋겠습니다. 저도 그런 마음으로
하루하루 살아가고 있습니다.

모지스

생각 저수지

　나는 자연과의 만남을 좋아한다. 이 말은 자연을 좋아한다는
것과는 조금 다르다. 그보다 더 적극적이다. 내가 자연 속으로
걸어들어간다는 뜻을 내포하고 있기 때문이다. 자연은 그 자체로
인간에게 여유와 힐링을 주지만 내가 말하는 자연과의 만남은 그
이상의 소득을 안겨준다. 정신적인 에너지까지 고양시켜 준다.
생각이 온통 길뿐인 하늘에서 극상의 자유를 얻는다.

　비즈니스 현장은 늘 나를 고갈시킨다. 그래서 생각하는 시간과
삶의 여유가 필수적이다. 얼마나 여유있는 시간을 확보하고
생각을 많이 하느냐가 새로운 일을 개발하고 추진하는 원동력이
된다고 해도 과언은 아닐 것이다. 비지니스를 시작한 지 내년이면
20년이 된다. 그동안은 지난 시간들에 대한 반추가 많았지만
앞으로는 새로운 진로를 구체화하는 데 투자하고 싶다. 돌아보면
일이 잘 풀릴 때보다는 그렇지 않을 때가 더 많았다.그런 시간은

답답하기만 했다.왜 일이 이렇게 더디게 진행될까, 수없이
되뇌이곤 했다.

쉬운 방법은 없는 것일까. 어딘가 지름길이 있을 텐데....그때
이런 쪽으로 생각이 마구 번져나갔다. 생각에 대한 생각이
참으로 많았던 시간이었다. 이런 경우 십중팔구 다른 사람들은
어떻게 저리 잘 될까, 그들은 분명히 편법을 쓸 거야, 하며 생각은
삐딱한 방향으로 뻗어나가곤 했다.

힘들고 고달픈 시간의 연속이었다. 그런 때는 아무런 생각을
하지 못했다. 당장 현실에 닥친 문제를 해결하는 데 급급했기
때문이다.돌아보면 그런 시간들이 내 삶을 지배하고 있었다.

그러던 중 비즈니스를 시작한 지 10년이 되던 해였다. 머릿속에
섬광처럼 번뜩이며 지나가는 것이 있었다.뭔가 반복하는 듯한
일이 보이기 시작했다. 일이라는 게 문제해결을 어떻게 하느냐는
것인데 그 방법들이 하나씩 눈에 들어오기 시작했다.

결국 어려운 문제는 다
공통요소가 있고, 해결점도
반드시 있다. 관건은 그걸
어떻게 빨리 찾느냐는
것이었다. 더 중요한 것은
그런 일이 아예 생기지
않도록 어떻게 예방하느냐는
것이었다. 어려움은 반복되기

때문에 이미 학습이 되어서 전보다 훨씬 수월하게 해결할 수 있겠다는 자신감도 생겼다.

어떤 일을 시작할 때는 얼마나 빨리 하느냐는 것도 중요하다. 왜냐하면 내가 하지 않으면 남들이 그걸 차지해 버리기 때문이다. 그동안 현장에서 그런 일들을 숱하게 봐왔다. 그래서 이거다 싶은 비즈니스가 떠오르면 바로 추진하는 것이 맞다는 생각이 든다.

하지만 세상 일이 언제가 그렇게 호락호락 하지는 않는다. 그래서 생각의 시간이 필요한 것이다. 일을 바로 추진한다는 것과 생각의 시간이 필요하다는 것이 어찌 보면 상충된다고 여길 수 있다. 그건 이렇게 보면 된다. 생각을 충분히 숙성시킨 뒤 판단이 섰을 때는 바로 밀어붙인다는 것이다.

생각의 시간을 위해 주말이나 여유 있을 때 드라이브와 산책을 가는 곳이 있다. 서울에서 비교적 가까운 경기도 장흥 일대와 마장호수 인근이다. 이 정도만 나와도 도시의 소음과 번잡함을 잠시 잊을 수 있다. 무엇보다 이곳은 경관이 좋고, 울창한 숲이 방출하는 싱그러운 공기는 절로 긴장을 풀어준다. 볼거리과 먹거리도 다양하다.

사실 이곳은 2000년대 초반까지는 인기가 꽤 높았지만, 요즘은 좀 쇠락한 분위기를 풍긴다. 그래서 과거처럼 사람도 많지 않은데 사실 그게 더 좋은 면도 있다. 그동안 일에만 전념하느라 주변을 돌아볼 겨를이 없었다. 앞으로 달려가기에만 바빴다. 그런 삶은

주변의 가치 있고 아까운 것들을 그냥 흘려버리고 만다. 그래서
지금은 일부러 시간을 내서 산책하고 생각하는 여유를 가지려고
애쓴다. 그 덕에 여유를 더 가지고 있다. 좋은 아이디어를
잉태한다는 걸 실감하고 있다.

　장흥 유원지에서 기산저수지 쪽으로 발길을 옮기면 높은
언덕이 나온다. 얼마나 가파른지 차의 성능을 테스트하는
코스라는 생각마저 든다. 언덕을 지나고 나면 풍광이 좋고
길가의 맛집들도 눈에 들어온다. 이어 왼쪽으로 드넓은
기산저수지가 나타난다. 여기서 한우마을쪽으로 좌회전하면 더
멋진 장관이 펼쳐진다. 바로 경기도 파주시 광탄면 365일대에
자리잡은 마장호수다.

　이곳은 약 20년 전 이 지역 농업을 위한 저수지로 조성됐다.
그런데 아름다운 풍광으로 인해 자연스레 호수로 바뀌었다.
지금은 공원화 사업이 한창이다. 진입로도 넓히고 주차장을
확장하는가 하면 카페, 음식점 등 각종 편의시설도 한창
건설중이다. 호수를 따라 산책로가 있어 근사한 분위기를
만끽하기에도 좋다. 공원 조성공사가 마무리되면 이 근방 최고의
명소가 될 것으로 기대된다.

　2016년 3월 마장호수를 가로지르는 흔들다리를 놓았는데
6개월만에 200만명이나 찾았다고 한다. 나도 한번 건너보았는데
역시 심하게 흔들린다. 그래도 호수 한복판 7~13m 높이에서
주위의 빼어난 경관을 즐길 수 있으니 이 정도 도전은 당연히

해봄직하다.

　이 다리는 같은 형식의 다리로는 국내에서 가장 긴 220m다. 주케이블은 아연과 알루미늄을 특수합금한 것인데, 70Kg 성인 1,278명이 동시에 지나갈 수 있도록 설계되었단다.

　이곳 자연 속으로 몸을 던져넣으면서 많은 깨달음이 있었다. 너무 조급하게 생각하지 말자, 속도가 능사가 아니다는 교훈이다. 그래서 지금은 시간의 길이와 생각의 무게를 느끼며 느긋하게 시나브로 가고자 한다. 그리고 항상 주변을 돌아보려고 애쓴다. 세상 모든 것은 함께 존재하는 것이기 때문이다. ✐

모든 걸음은 글이 된다

배움이라는 심연(深淵)

우린 누구도 지옥에 가고 싶어 하지 않는다.
하지만 누구도 지금 천당에 가고 싶지도 않다.
누구나 죽기 전까진 최대한 지금을 누리고 싶을 뿐이다.

수 십 년 아이들을 지도하며 인재로 만들기 위해 노력하고
있다. "자신이 좋아하는 것"과 "잘하는 것"이 무엇인지 찾아내
키워주고 싶기 때문이다. 내 안의 나를 알지 못하면 아무리
성적이 좋아도 인생이 행복하지 않기 때문이다.

우리는 오랜 역사를 통해 학습을 중요시해 왔고 지금도 교육은
매우 중시되고 있다. 아무리 경기가 좋지 않더라도 교육
관련산업과 지역 부동산은 인기가 떨어지지 않는다.

교육을 귀하게 여기는 사회분위기는 결코 나쁜 게 아니지만
지금의 교육은 너무 입시 위주로 변질돼 버렸다. 진짜 교육이
무엇인지는 다들 생각하지 않는다. 무엇이 어떻게 바뀌어야
할까? 학창시절 공부 잘하던 친구들을 사회에서 만나보면 모두

행복을 누리고 있지 않음을 우린 잘 알고 있다. 이것은 무엇을
말해주는가. 우리 사회의 교육이 잘못된 것일까, 아니면 그
친구들의 운명이 그렇게 타고 난 탓일까.

우린 먼 미래의 큰 욕심만을 가지고 사는 경우가 많다. 하지만
진짜 인생은 지금을 누리는 것이다. 지금이 인생이다. 미래의
행복을 위해 지금의 지옥을 감당하는 것은 좋은 생각이 아니다.
너무 먼 미래는 나의 인생이 아닐 수 있다.

학생이나 학부모들을 만나보면 남의 인생에 나를 맞추는
경우를 흔하게 보게 된다. 남이 좋아하는 것, 남이 바라봐 주는
것을 맹목적으로 쫓는 경우가 많다. 진짜 우리 아이가 좋아하는
것이 무엇인지, 잘 하는 것이 무엇인지는 별 관심이 없으면서
말이다.

모든 것에는 때가 있다. 때(時)에 대한 공부는 진짜 중요하다.
예로부터 때에 대한 공부는 비인부전(非人不傳)이라 했다.
인간됨이 부족하거나, 노력하여 준비가 된 사람이 아니면 전하지
않는 비법이라는 뜻이다. 때가 언제 오는지 미리 아는 것, 그때를
준비하며 만드는 것, 그때가 올 때까지 기다리는 것, 마침내 때가
되었음을 아는 것 모두가 때(時)에 관한 중요한 공부다.

사람 사는 건 운칠기삼이라는 우스개소리가 있다. 아무리
노력해도 운이 70%라는 말이다. 하지만 운은 기다리기만 해서는
오지 않는다. 진정으로 바라는 것을 꿈꾼다면 우선 노력하여
나를 만들고 때를 기다려야 한다. 이것이 진정한 공부다.

이제 교육을 되돌아 볼 때가 되었다. 과거의 교육은 산업화에 적합한 일꾼을 만들어 내는 것이라고 믿었다. 지금은 나를 생각하고 주변을 돌아보고 모두를 생각할 줄 아는 교육으로 바뀌어야 한다. 나를 생각하는 교육, 때를 기다리는 교육이 필요하다는 말이다.

최근 AI(인공지능) 로봇이 등장하는 미래 영화가 많이 나오고 있다. 과거 공상과학 영화가 좀 더 현실 있게 제작되고 있는 것이다. 이제 인공지능 컴퓨터나 로봇이 상용화 되고 있는 시대에 접어들게 되었다. 이런 시점에서 우리는 인간의 효용성에 대해 진지하게 고민해 봐야 한다. 인간이 이후에 할 수 있는 일은 무엇이고, 무엇이어야 할까?

다시 교육의 본질로 되돌아가 정리해 봐야겠다. 교육은 배움의 과정이고 배움이란 새로운 것을 알아가는 것이다. 다시 말해 교육은 나를 알아가고 때를 배우는 과정이다. 시대가 어떻게 바뀌고 변해도 행복을 추구하는 인간의 본성에는 변함이 없다. 행복하다는 감정을 가질 수 있는 존재는 인간밖에 없다. 교육의 본질은 우리가 행복감을 느끼고, 그것을 이웃에 전파하는 것에 맞춰져야 하지 않을까.

남산야경/김중식(중앙일보 글c클럽 3기)

왜 사회적 가치인가

최근 우리 사회에 '사회적 가치'라는 단어가 많이 통용되고 있다. 2014년 발의된 '공공기관의 사회적 가치 실현에 관한 기본법안'에 의하면 '사회적 가치'란 사회, 경제, 환경, 문화적 영역에서 공공의 이익과 공동체 발전에 기여하는 가치를 의미한다고 정의되어 있다.

과거에는 기업이 추구해야 할 가치로 주주이익의 극대화가 강조되었다면, 최근에는 이런 재무적 가치와 더불어 사회적 가치도 강조되고 있다. 기업이 공공의 이익과 공동체 발전이라는 비재무적인 측면에서 사회와 소통하며 시장경쟁력을 확보하는 것이 기업의 새로운 가치와 경쟁력으로 평가되고 있는 것이다.

특히 4차산업혁명 시대에서는 정보 혹은 자산의 공유와 기업을 둘러싸고 있는 이해관계의 확대가 기업의 성장과 존속에 큰 영향을 미치기 때문에 사회적 가치에 대한 관심도 필수적이라

할 수 있다.

이에 기업에서는 사회적 가치창출을 주요 경영방침으로 정하고 새로운 비즈니스 기회의 활로로 모색하고 있다. 공공기관에서도 이러한 시대적인 요구에 부응하여 양질의 일자리 창출, 채용의 공정성 확보 등을 경영평가에 반영하는 등 다양한 사회적 가치 활동을 제고하고 있다.

그간 기업들은 사회적가치 창출 활동의 수단으로 사회공헌기금을 집행하였다. 우리 기업들의 세전이익 대비 사회공헌 관련 지출 비율은 2016년 3.32%로 일본의 1.7배에 달하는 수준이다. 이렇듯 우리 기업들은 사회공헌 활동에 큰 관심을 보이고는 있으나 대부분 일회성, 홍보성 활동이 많았기에 앞으로는 사회공헌 기금 집행에 대한 장기적인 전략이 필수적이다. 이를 위해 사회공헌 활동에 대한 투자가치 증대를 제고해야 할 것이다.

KPMG에 따르면, 글로벌 기업의 20%만이 사회공헌의 성과와 영향에 대해 보고하고 있는 것으로 조사됐다.[1] 전세계에서 가장 규모가 큰 100대 기업(11개국, 10개 산업)의 사회공헌 투자현황을 보면, 2013년도 122억 달러를 사회공헌에 투자하였고 이는 세전수익의 약 2.5%였다. 조사 대상 기업의 93%가 사회공헌 투자규모(Input)에 대해 관리, 보고하고 있었으며 88%의 기업은 사회공헌의 수혜대상 수 등 투자의 1차적 산출물(Output)에

대해 보고하고 있었다. 하지만 이 중 20%만이 사회적 변화가
나타난 결과(Outcome)와 함께 사회적 효과(Impact)에 대해서도
보고하는 것으로 나타났다. 전국경제인연합회[2] 발표에 따르면,
한국 기업의 60.7%가 사회공헌현황과 관련된 모니터링 시스템을
보유하고 있다. 하지만 이러한 시스템을 통한 사회공헌투자의
정보는 대부분 사회공헌 지출 비용, 참여자 및 수혜자 수 등에
불과한 것으로 조사됐다. 글로벌 기업과 한국 기업 모두 투자가치
환산을 위해 필수적인 사회공헌 활동에 대한 명확한
결과(Outcome)와 효과(Impact) 분석이 미흡하다고 할 수 있다.

투자에는 성과가 따라야 한다. 사회공헌도 기업의 경쟁력
제고를 위한 투자이다. 기업이 상당한 금액을 사회공헌에
사용[3]하는 만큼, 그 투자효과를 모니터링하는 것도 필수적이다.
따라서 사회공헌에 대한 투자가치를 측정하는 것처럼 기업이
창출한 사회적 가치도 측정이 되어야 한다. ✎

---

(1) KPMG는 'KPMG True Value'를 개발하여 경영활동의 외부효과(경제적 가치, 사회적 가치, 환경적
가치)를 금전적 가치로 환산하고, 기업의 사회적 가치 성과를 관리할 수 있도록 돕고 있으며, 기업들
은 이를 통해 보다 효율적으로 사회적 가치를 관리할 수 있다.

엘리자베스테일러와 비너스/김중식

오드리헵번과 비너스/김중식

글c클럽 9기
박현 스마트구루 부사장

4차 혁명의 화두
U-스마트시티

 2018년 10월, 방콕에서 열리는 컨퍼런스에 참석했다. 40여개
나라에서 470명이 참석하는 큰 행사였다. 컨퍼런스의 주제는
'Empowering Women to Realize the Sustainable
Development Goals'. 여성들에게 지속가능한 목표 실현을 위한
역량 부여하기로 해석하면 될까. 각 나라에서 SDGs 활동에 대한
발표와 논의가 있었다.

 컨퍼런스 참가자들과 지속가능경영을 화두로 각자의 관심사를
이야기했는데 역시 공통의 화두는 역시 4차혁명이었다. 대화는
어떻게 스마트시티를 조성하느냐로 귀결되었다. 서로 자기나라
인프라를 소개하고자 열을 냈던 것 같다. 특이한 것은
싱가포르는 드론 교통관리시스템을 도입해 드론 전용길을
지정하고 있다는 것이다. ICT는 내 비즈니스 분야이기도 해서
매우 유익한 시간이었다.

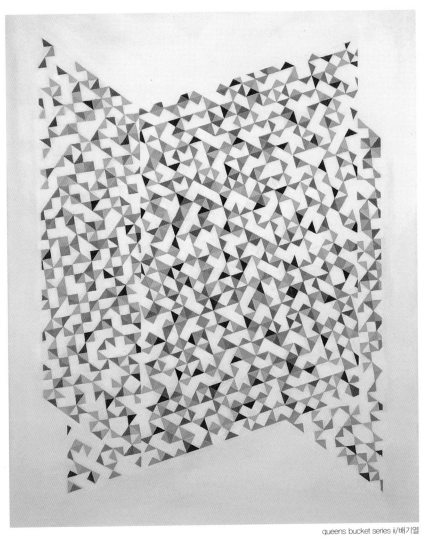

queens bucket series ii/배기열

우리나라는 4차혁명과 관련된 기반기술이 선진국에 비해
턱없이 부족하고 이와 관련된 비즈니스 모델도 후발주자라고
생각해왔다. 그런데 여러 나라 사람들을 만나보니 그들이 정보가
부족한 것인지는 모르겠지만 실행력에 있어서는 우리나라가 그들
못지않게 빠르다는 생각이 들었다.

우리는 전후 60여년 동안 도시화와 정보화를 성공적으로 이룬
대표적인 국가로 인정받고 있다. 농어촌지역도 99%까지
초고속망 환경이 갖춰진 지는 10년이 넘는다.

서울의 인구수가 1천만 명을 넘어선 선 벌써 몇년 됐다. UN
보고서에 따르면 2025년에 1천만 이상의 대도시가 37개에
이르고 그 중 22개 도시는 아시아에 형성될 것이라 한다.

도시에 거주하는 인구는 점점 늘어나 2019년부터 2050년
사이에 36억명에서 63억명으로 증가할 것으로 전망한다. 이는
2050년경 세계 인구 중 70%가 도심지역에 거주할 것이며
우리나라 역시 2050년 도시인구 비율이 88%에 이를 것이라는
관측이다.

스마트시티 조성의 배경으로는 인구의 도시집중에 따른
주택부족과 교통혼잡 등 다양한 도시문제와 자원경제의 한계를
든다. 이런 한계를 극복하기 위한 이슈에 발맞춰 정보통신기술과
지능정보기술이 발달하면서 IoT가 융합된 스마트시티 구축이
펼쳐지고 있는 것이다.

도시에서 사용하는 에너지는 전세계 에너지의 60~80%를 소비하는 등 자원 소모량도 많다. 그래서 선진국들은 지속가능 도시, 질 높은 삶을 위한 에너지 효율성 증대와 온실가스 감축에 앞장서며 녹색도시 조성에 분투하고 있다.

스마트시티를 4차 산업혁명의 플랫폼이라고 주장하는 이도 많다. 스마트시티를 구축하는 핵심기술은 정보기술이다. 5G이동통신, 스마트 디바이스, 사물인터넷(IoT), 빅데이터, 센서 네트워크, 정보보안, 클라우드 컴퓨팅, 스마트 미터, 빌딩에너지관리시스템(BEMS), 홈에너지관리시스템(HEMS), 지능형 전력계량(AMI), 원격제어 wifi가로등, 열에너지관리, 전기차, 스마트신호, 모바일기술 등등.

이런 기술들을 융합하며 세계 각국은 앞다투어 스마트시티를 조성하고 있다. 성공적인 시스템을 Testbed로 해서 다른 나라에 인프라를 파는 부가적인 수익도 노리고 있다.

인천 송도국제도시 역시 첨단 인프라를 갖추고 시간대별 차량흐름에 맞춰 교통신호를 조절하는 지능형 제어시스템과 방범, 방재, 시설물 등을 모두 원격으로 관리하고 있다. 오래 전부터 인천경제자유구역의 스마트시티 플랫폼은 미래도시 모델의 플랫폼으로 인정받고 있으며 벤치마킹 하러 오는 나라들도 많다.

제대로 된 스마트시티 환경이 조성되면 안테나, 통신장치, 운영장치 등이 내장된 스마트 차량이 도시를 주행하며 차량과

차량간 또는 차량과 교통정보센터간에 실시간 교통정보를
주고받으며 도로의 사고구간이나 보행자가 많은 곳의 트래픽
등이 자동 분산된다.

또한 가정의 쓰레기나 도시의 폐기물은 지하에 매설된 배관을
통해 강한 진공압력으로 폐기물 집하장까지 이동한다. 쓰레기가
일정량이 쌓이면 원심력을 이용해 섞여있는 물질에 따라 반출할
폐기물과 정화시킬 폐기물이 자동으로 구분되고 분리된
폐기물은 압축과정을 거처 소각장이나 재활용장으로 반출하여
신재생에너지로 재사용된다.

현재 파주시는 취수원에서 가정까지 공급되는 수돗물의 전
과정에 IoT를 접목하여 중앙제어실에서 수량과 수질을
원격관리한다. 가정집에서 수돗물을 먹는 사례가 미국은 56%,
일본은 52%, 우리나라는 5%에 불과하다고 한다. 파주시 역시
과거 1%대 음용률에서 스마트시티 물관리시스템을 갖추고
시민들에게 홍보를 한 뒤 현재는 35%까지 수돗물을 마신다는
자료를 내놓았다.

석탄, 석유, 천연가스 등 화석에너지를 사용하지 않고 태양광,
태양열, 지열과 같은 신재생에너지를 활용해 건물이나 주택의
난방, 냉방, 급탕, 환기, 조명 등의 에너지를 자체 생산하는
제로에너지 주택도 스마트시티의 친환경 모델 중 하나다.

스마트시티가 조성되면 GPS시스템 등이 내장된
무인전기자동차로 출근을 하고 해외 공연이나 수입되지 않는

영화를 홀로그램을 통해 감상하며, 구매물건은 생체인식으로 결재하고, 냉장고에 부착된 모니터를 통해 요리 레시피에 필요한 재료를 실시간으로 주문하는가 하면 밤늦은 귀가에도 개인 전용 드론을 띄어 범죄예방과 응급상황에 대체하는 날이 몇 년 안 남았다고 본다.

현재 뉴욕의 한 아파트에는 공동으로 사용하는 코인 세탁기에도 IoT를 접목시켜 집안에서 어플로 비어있는 세탁기 정보를 검색하고 대기하지 않고도 빨래를 한다. 주차장에 진입하면 비어있는 주차장 정보가 실시간 차로 제공되어 주차시간을 단축시킨다. 이런 기술은 건물 설계나 건설 단계부터 센서나 CCTV 등을 취합하는 통제관리실을 갖추어야 비용도 절감되고 원격지원이 가능하다.

중국은 500개 도시를 스마트시티로 꾸민다고 발표한바 있고, 항저우에는 인공지능(AI)과 데이터기술을 접목시켜 교통흐름을 15%나 빠르게 단축시키고 구급차가 사고현장에 도착하는 시간도 절반으로 단축시키고 있다.

덴마크의 코펜하겐은 지속가능성을 목표로 2025년까지 탄소배출량을 현재 대비 20% 줄여 탄소중립(Carbon Neutral)도시를 구현한다고 한다.

시대 흐름에 맞춰 우리 회사도 신규사업으로 ESS(에너지저장장치) 사업을 시작했다. ESS는 생산된 전기를 리튬이온 배터리를 이용해 저장하고 필요할 때 사용할 수 있게

하는 시스템이다. 활용용도로는 풍력이나 태양광 등
신재생에너지 발전전력 보관용이나, 전기료가 싼 야간에 미리
ESS에 저장해두고 전기료가 비싼 피크치에 방출하여 전기료를
절감시키는 용도 등으로 활용된다.

　인간과 사물, 사물과 사물간의 네트워크를 통해 물리적 공간의
제약이 사라지는 사물인터넷 기술이 스마트도시로 우리를
혁신시킬 것이며, 삶의 질은 상상 이상 그 이상으로 개선될
것으로 본다.

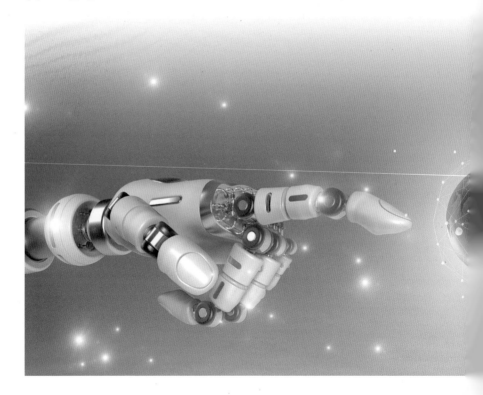

우리는 지금 지속가능한 발전 목표를 향해 그 누구도 소외되지 않는(No one is left behind) 삶을 위해 변혁의 길목에 서있다.

The Soul Trembles/시오타 치하루(2019, 6~10 도쿄 모리미술관 전시)

텅 빈 충만, 미디어아트

　우리는 'S.E.O.U.L'을 앞에 두고 'Urban Network' 을 이야기
한다. 뭔가를 안다는 것은 그것을 정의하거나 상세히 적을 수
있다는 뜻이 아니다. 때로는 잘 알고 있다 해도 전혀 모르는
것으로 가정하고, 그 실체에 도전해보는 것도 좋은 접근법이다.
대상은 색채와 윤곽, 그리고 그림자로 구성된다. 회화는 건축의
역사와 다르지 않다. 중세에 이미 다양한 기법들이 연구되었다.
르네상스를 거치면서 화실에서 모델이나 정물을 빛에 의존해
재생해 냈다. 유리창을 통과한 자연광이나 실내 전등이 뿜어내는
인위적 방식은 마침내 과학적 사고를 미술에 도입한 19세기
인상주의 화가들은 화실 밖의 자연공간에서의 순간적인 빛의
움직임에 초점을 맞추게 된다.
　20세기 들어서는 전자회로의 변형을 이용한 비디오 아트라는
게 탄생했다. 거기서 한 걸음 더 나아가 지금은 디지털 아트다.

기계를 통해 이미지가 구현되는 미디어아트 혹은 확장미디어는
손으로 작업하는 전통회화에 비해 차갑게 느껴질 수밖에 없다.
그래서 그런지 백남준이라는 걸출한 아티스트의 존재에도
불구하고 미디어아트는 오랫동안 우리에게 낯선 장르 중
하나였다. 그게 친숙하게 자리잡게 된 이유는 창작자와 관람객
모두 미디어에 익숙한 세대가 되었기 때문이다. 요즘 예술가라
하면 미디어를 활용하는 것이 당연하지만 이전에 테크놀로지라
하면 별로 친하지 않은 친구였다.

　현대인들은 아침에 모바일을 켜자마자 미디어에 노출되면서
도시간 네트워킹을 시도한다. 도시를 이야기할 때 건축가에게
'Architecture, Landscape'를 묻는다. 그들의 조언이나 언급을
주목하지만 쉬운 일은 결코 아니다. 사실 건축가들만큼 자기
직업의 정체성을 확인하고 싶어하는 사람도 드물다. 게다가
'건축가'라는 이름에는 전문가 그 이상의 의미가 함축되어 있다.
이것이 때로는 건축가를 현실의 이해관계로부터 유리시키고
작업의 의미와 과정에 대해 끝없는 재사고(再思考)를 강요하기도
한다. 그들을 가시밭길로 몰아넣는다는 얘기다.
　이상한 나라의 앨리스는 파란 눈에 금발머리 소녀다. 앨리스는
언니와 소풍을 나와 놀지만 영 따분해 한다. 그때멋진 외투를
차려 입은 흰 토끼 한 마리가 "늦었군!" 하며 투덜거리는 장면을
목격한다. 그 신기 또는 신비함에 끌려 앨리스는 토끼 구멍으로

따라 들어간다. 굴속에는 앞뒤가 안 맞고 이상해서 도저히
불가해한 일들이 벌어지고 있었다. 토끼를 좇다가 앨리스는
꼴사나운 일을 여러 번 겪게 된다. 자신이 흘린 눈물 바다에 작은
짐승들이 빠져 허우적대고, 정작 그녀는 자기 몸보다 작은
토끼집에 꼼짝없이 갇히고, 길 가다 만난 아기가 돼지로 변하고,
고양이를 만났는데 이내 그 고양이는 사라지고 만다. 그녀는
영원히 끝나지 않을 차 모임에 가고, 사람처럼 움직이고 말하는
카드 짝들과 잔디 공원 위에서 공놀이도 한다. 해변으로 가서 더
야릇한 짐승들을 만나고, 하트의 잭 패가 파이 몇 조각을 훔친
죄로 재판을 받게 되는 것으로 이야기가 끝난다. 나무 밑에서
앨리스는 잠에서 깨어 다시 언니와 함께 있다.

루이스캐럴의 동화 '이상한 나라의 앨리스' 줄거리다. 가끔은
턱을 괴고 이상한 나라의 앨리스를 상상해보는 것도 좋다.
그것만으로도 세상은 다르게 보일 수 있다. 여기에
미디어아티스트의 새로운 '그 무엇'이 있다. 사물을 보고 느끼는
방법은 무수히 많다. 그 많은 방법을 일상의 커뮤니케이션에
의식적으로 반영해가는 것이다. 창작자들은 많은 것을 고려하고
있다. 그것은 갤러리로 들어서는 누군가가 작품과 마주했을 때
느낄 당혹감과 우리가 살아가는 도시는 불가해한 어느 도시 유형
중 하나라는 사실일 수 있다. 도시는 어느 한 국면에 존재하지만
깊이와 넓이는 혼란 속에 끝없이 부침한다. 그들은 그런

복잡다단할 것들을 단출한 의미와 기쁨으로 승화시키려고
애쓰는 사람들이다.

미디어아트는 결국 빛에 의한 소통이고, 그런 행위를 통해 빛은
하나의 의미가 되고자 한다. 인간들은 아침에 햇빛을 받으면서
거북목을 하고 관계 맺기를 시도한다. 한밤에는 LED등 아래서
같은 짓을 반복하고 있다.

어른들은 보고싶어도 만날 수 없을 때가 있거든...

모든 길은 글이 된다

251

글C클럽 회원들

1기
2013년 봄

김영복	글로벌푸드아트전문학교 이사장 / food 전문학교
김우관	블루코드 회장 / 클린룸 설비
김종훈	메티스톤 대표 / 투자회사
문진이	제주 ZINIZIP 대표 / 펜션
배기열	트라바움창의아트센터 관장 / 창조교육
배홍기	삼정KPMG 부대표 / 회계법인
안일환	기획재정부 예산실 국장 / 정부
이봉기	파버카스텔 한국 대표 / 독일 필기구
이진경	아트비즈컨설팅 대표 / 미술품 거래, 전시
조성균	KIT PACO 대표 / 곰팡이 제거제
조성경	명지대 교수 / 커뮤니케이션
조성이	BRENT국제학교(필리핀) 교사
황한택	브레인셀 대표 / 옥외 광고

2기
2013년 여름

고석진	인도네시아신한증권 이사회 의장
권석일	정인물류 회장 / 물류회사
김부식	법무법인 우현 대표 변호사
김휘림	아세아연합신학대학 교수 / 피아노, 지휘
문영배	NICE 채권연구소 소장/ 경제분석가
박효순	나루가온F&C 대표 / 전통요리 연구가
신정기	세무사
유희정	넥스트비주얼스튜디오 대표 / 컴퓨터그래픽(CG)
이녕희	진학학원 이사장 / 교육사업
이상욱	삼원특수지 부회장 / 명함 등 고급지
이용훈	A&T솔류션 대표 / SW 및 홈피 제작

3기
2013년 가을

강신삼	통일 아카데미 대표/ 북한 인권 · 통일 교육
김영만	로메인 회장 / 여성 의류
박진영	링크프라이스 대표 / 인터넷 광고중개
서은령	도미(渡美)
신경수	아인스파트너 대표 / HR 컨설팅, 본사 도쿄
이승창	전 대우일렉트로닉스 사장
이인순	마포보건소 지역보건과장
이종철	신한은행 감사실 부장검사역
이충기	C매쓰 대표 / 수학교재
차지영	PDM 서울 대표 / 오피스인테리어, 본사 홍콩
한재호	A3시큐리티 대표/ 컴퓨터정보보안

4기
2014년 봄

강면모	MHP Korea 고문 / 글로벌 부동산 중개
고흥곤	사진작가 / 꽃 전문
박상학	자유북한운동연합 대표
박재범	엠스트 대표 / 교육
양세욱	한양TMC 대표 / 반도체 공장 설비
이지윤	서울시설관리공단 이사장 / 서울시 공기업
이춘택	트로이카코리아 대표 / 독일 악세서리 브랜드
조문기	스타뱅크 고문 / 전자어음 결제 관리
조영숙	골드트룹스 대표 / 금융 SW
진병식	세계로시스템 대표 / 학원 SW
최광식	TSG 회장 / 전자부품 제조
최은희	인천재능대학교 교수 / 대외협력처장

5기
2014년 가을

김옥경	교보생명 프라임리더스클럽 매니저 / 자산관리
김중식	서양화가 / 재불작가협회 회장
신명숙	대진대 무용과 교수
신홍현	대림화학 대표 / 3D 프린팅
이현정	비탈와인 대표 / 와인 수입
이병걸	LIG투자증권 전략기획본부장
정순철	T1시스템즈 대표 / 디지털 테마파크
정원명	유안타증권 감사 /전 동양증권
조영미	HR맨파워그룹 이사 / 헤드헌팅
최경아	서울해양교육원장 / 요트 · 요가전문가
최경욱	광교회계법인 상무 / CPA

6기
2014년 겨울

김승일	지노패션 대표 / 의류업
김철영	사람과사람사이 대표 / 강연, 컨설팅
손혜란	룩손 대표 / 인테리어
심기석	세일ENS 대표 / 공조 설비
유은상	YJA 인베스먼트 / 투자, 사모펀드
유준웅	우리은행 신촌지점 부지점장
이동욱	법무법인 충정 변호사
이소정	국악인 / 경기민요
이혁구	HnAP 이사 / 투자자문업
정혜련	하이어베스트 대표 / 인재 채용 사전 점검
추기숙	다니기획 대표 / 기업사사 제작
황지나	Well dressed 대표 / 양복패션

7기
2015년 봄

강윤호	크로시스 대표 / IT
김경환	고감도 대표 / 인테리어 디자인
김덕만	청렴윤리연구원장 / 부패방지 교육 및 강연
김용범	한국산업기술대 교수 / 경영학
이명호	건축사무소 mlnp 대표/ 명지대 겸임교수
이정숙	서초c매스 원장 / 학원업
채재은	PR1 이사 / 홍보대행사
최원규	세원메디 대표 / 의료기기 유통
최윤혁	도모브로더 대표 / 글로벌 PR회사
최진경	1000 Hands 대표 / 면세점 비즈니스
홍순만	사이람 대표 / 빅데이터, SNS 분석

8기
2015년 여름

김성철	아주대 교수 / 경영학
명노옥	KB증권 상무
박대봉	KBC 대표 / 제조공정 컨설팅
우완주	앤더슨컴퍼니 대표 / 종합 모바일 IT
이경랑	SP&S 대표 / 세일즈 컨설팅
이석제	대한세무법인 대표
이수일	대성하이텍 부회장 / 기계 부품
이숙자	리그래픽스 대표 / 포장재 디자이너
정병춘	법무법인 광장 고문
홍윤숙	교육컨설턴트
황진선	제닉 대표 / 화장품 제조

9기
2015년 겨울

박정선	대구가톨릭대 석좌교수 / 예방의학
박 현	스마트구루 부사장 / ICT
원복규	제이원테크 대표 / 화학원료 무역
이마리	법무법인 위너스 변호사
이양희	비젠(BESEN) 대표 / 명품 필기구 유통
이종우	j-mob 대표 / 온오프 광고
전미정	늘품플러스 대표 / 출판
전혁배	솔루팜 대표 / IT
조태복	세무법인 광장리앤고 대표
최준성	SK이노베이션 전문 / 재무실장
황영훈	자형매니지먼트 대표 / 복합문화상업단지 개발

10기
2016년 봄

김경숙	에듀웰 대표 / 출판
김영애	sni팩토리 대표 / 문화콘텐츠
김한수	참나코칭 대표 / 상담&코칭
양미영	글로아트 대표 / 문화기획, 인쇄, 출판
육종근	이로건축CM 대표 / 각종 건축 진행
윤수미	sni팩토리 이사 / 문화콘텐츠
윤주민	유온ANC건축사사무소 대표 / 건축사
이금영	도예작가
이명국	도펠마이어 한국 대표 / 케이블카
이 준	네코홀딩스 대표 / 무역, 패션
신승용	자작나무 대표/ 공연기획
임태경	영진플렉스 대표 / 소방설비 부품
정경원	신한은행 팀장
정보환	한국건설안전협회 전문위원
조영흥	서민금융진흥원 상임고문
최진영	내추럴푸드 회장 / 식품

11기
2017년 봄

김호철	경희대 한의대 교수
박기량	APR 대표 / 홍보대행
박상금	ERA코리아 전무 / 부동산
손병기	미디어앤 대표 / 광고대행
이소영	스타일조선일보 객원 에디터
이옥란	폴리사이언텍 상무 / 의료부품
이정수	투데이신문 전무
정경호	법무사
조완주	결혼협동조합 대표 / 웨딩 플래너
지재규	리사이텍 대표 / 비철금속 재활용
최종원	애플트리 부사장 / 홍보.기획

12기
2017년 가을

강창희	예비역 육군 대령
구민경	뉴스나인어학원 원장
김봉희	트라움여행사 대표
김종림	the JUNO 대표 / 호텔 가구 제작
노진우	비트뱅크 대표 / 가상화폐
백성혜	현대백화점 문화센터 총괄
이병윤	윤경개발 대표 / 시행.시공
조동일	한의원 원장
최수영	시사평론가
최시영	세무사

중앙일보 글C클럽

김영	신세계인터내셔널 팀장 / 해외 브랜드 수입.유통
김정택	SBS 명예예술단장 / 피아니스트, 작곡가
김혜주	미포오션사이드호텔 대표 / 전 방송작가
박경선	가예디자인워크 이사 / 인테리어 디자이너
박기량	APR플러스 대표 / 홍보대행
박효순	나루가온FnC 회장 / 전통요리 연구가
심서영	'와'참치 대표
오명철	대마기획 대표 / 옥외 광고
오성창	태성산업 사장 / 화장품 제조
이녕희	진학학원 이사장 / 교육
이상욱	삼원특수지 회장 / 고급종이 수입.유통
임일규	대성텔레콤 부사장 / 통신장비
장승희	신한관세법인 대표 / 관세사
최성국	웹툰작가 / 탈북 화가
한옥순	독서가

2기
2019년 봄

구자정 전 연암대 사무처장
김화주 화가
김원일 태영건설 인사팀장
김영식 법무법인 하나 대표변호사
박종덕 예건문화재(주) 대표 / 문화재 관리, 보수
심기석 세일ens 대표 / 공조시스템 시공
이유나 홍익대 교직원
윤지현 미래에셋대우 선임매니저 / 증권
정선화 아트 디렉터
정슬기 신한은행 과장
최경욱 광교회계법인 상무 / CPA
최승수 삼성증권 부장
최용근 법무법인 동서남북 대표변호사
최원규 세원메디 대표 / 의료기 부품

3기
2019년 가을

김명재 PLOT 대표 / 건축사

김미원 신화코리아 상무 / 명품 브랜드 유통

김영주 신화코리아 부회장 / 명품 브랜드 유통

서동희 서인 이사

양귀자 약사

이원주 서울 중랑소방서장

최미옥 리아디자인 대표

구제완 인웅 대표 / 옥외 광고

권오광 교보생명 전문위원

김중식 서양화가

김창범 서스틴베스트 애널리스트

박기량 APR플러스 대표 / 홍보대행

양대현 신용보증기금 팀장 / 금융 공기업

이동은 S오일 부장 / 정유업

정찬용 한국투자공사 차장/ 공기업

정환수 태영건설 팀장

최금두 정진워터퓨어 대표 / 정수기

'미래는 이미 당신 곁에 왔다.'
이런 그럴 듯한 광고카피도 있지만 말장난 같다.
아직 오지 않은 시간이 당신 상상을 넘어 존재한다.
그 물상(物像)을 그려보면 눈썹이 파르르 떨린다.
현실은 뜻대로 안 되지만 미래와 희망은 가능하다.
그 수단은 상상이다.
그래서 '상상력의 빈곤'은 모름지기 가장 멀리할 단어다.

프롤로그 中

MEMO

MEMO